외로움의 온도

외로움의 온도

조진국
산문집

해냄

당신은 며칠째 비를 기다리고 있습니다.

하고 있는 일도 생각처럼 안 풀리고, 사람들과 웃으며 떠들어도 그때뿐이고, 돌아서 자려고 누우면 오늘보다 나아지지 않은 내일이 기다리고 있을 거 같습니다.

정말 내일은 차라리 비가 내렸으면 좋겠습니다.

당신은 약한 사람이 아닙니다.

얼굴에 싫고 좋은 티가 금방 나고, 하고 싶은 말도 잘하는 편입니다. 농담도 잘하고 입맛도 까다롭지 않습니다. 모르는 사람들과도 잘 어울립니다.

하지만 사람들은 모릅니다. 당신이 실은 외로움에 자주 뒤척인다는 것을.

친구의 부모님보다 더 까맣고 주름살이 깊은 자신의 부모님 얼굴을 보면서도, 자신 있게 계산하는 동창의 두툼한 지갑 속을 흘깃대면서도, 밥상에서도, 지하철에서도, 도서관에서도, 침대에서도 당신은 문득문득 외로움과 어깨를 부딪칩니다.

　청춘은 원래 아픈 것이라는 격려에도 힘은 나지 않고, 주위 사람들의 '열심히'라는 말만 지친 등을 떠밀고 있습니다.

　새벽까지 불을 밝히고 있지만 앞날은 보이지 않습니다. 불안한 청춘만 건너면 눈부신 앞날이 펼쳐질 줄 알았는데, 연애를 하고 직장이 생기면 흔들리지 않을 줄 알았는데, 여전히 짙은 안개는 당신을 휘감습니다.

　바쁜 걸음을 멈춘 채 서성이는 당신의 그림자는 길어지고 있습니다.

　밤새 술을 마시고 춤추기도 하고, 남 험담을 하고 독설을 퍼붓기도 하고, 비싼 물건을 덥석 사버리기도 하지만 당신은 좀처럼 외로움을 떼어낼 수 없습니다.

　다행인 건 외로운 게 당신만은 아니라는 겁니다.

　잘사는 사람도, 잘 나가는 사람도, 같이 있는 사람도, 혼자 있는 사람도 우리는 모두 외롭습니다. 사랑하는 사람 앞에서는 누구나 심약해지듯 외로움 앞에선 모두가 평등합니다.

... . .

나는 외로운 당신이 좋습니다.

외로움 때문에 더 치열하게 뛰어 다니고 밥을 먹고 사랑을 했을 것이고, 외로움 때문에 모르는 사람의 사연에 눈물을 흘렸을 것이고, 외로움 때문에 사람의 체온이 뜨거운 위로가 될 수 있다는 걸 느꼈을 것이고, 외로움 때문에 지금의 당신이 더 인간적이라는 것을 알기 때문입니다.

당신은 안 그런 척해도 참 따뜻한 마음을 가진 사람입니다.

저 또한 외로움으로 여러 날 써내려 간 이 글들이 부디 당신 가슴 속 '외로움의 온도'에 작은 온기라도 보탰으면 합니다.

조진국

차례
········

2장

세상에 똑같은 냄새를 가진 사람은 없다

3장

왠지 건널 수 없는 저편의 그가 말해 주는 것

인생의 밤에서 대낮으로 넘어가는 그 시간을 기다리면서

많은 사람들이 꿈을 꾸고 힘겹게 버둥거리다 지쳐간다

이러다 영원히 낮이 안 올지도 모른다고 포기하고,

절망으로 극한 결심을 하기도 한다. 하지만 대낮은 꼭 온다

1장

사람을 가장 사람답게
만들어주는 것은 사랑이다

얼그레이를 마시며
당신에게

"나는 얼그레이를 마시며 당신에게 편지를 쓰고 있습니다."

그를 생각할 때마다 나는 이 한 줄의 문장이 떠오른다. 그리고 구로 공단 근처의 동물 내장처럼 길고 축축한 어느 지하방이 생각난다. 그곳에 얼그레이 향기는 없다. 곰팡이 냄새를 등에 엎고 엎드려 열심히 편지를 쓰는 그의 마른 뒷모습이 보인다.

편지는 보통 그 문장으로 시작되었다. 국문학을 전공했다는 이유로 그는 자주 내게 편지를 보여주었다. 그때마다 얼그레이라는 말은 빼고 담백하게 '차'라고 쓰라고 했지만, 상대가 누구든 그는 항상 첫 문장을 그것으로 하고 싶어 했다.

어떤 잡지에서 봤는데 얼그레이라는 말이 마음에 들었다고 했다.

· · ·

왠지 '있어 보인다'고 했다. 기품 있는 부잣집에서 잘 자란 사람 같은 느낌이라며, 그 단어를 쓰고 있는 자신이 아주 귀한 사람이 된 것 같은 기분이 든다고. 그러고 보면 고급 원목 책장이 가득한 서재 한편엔 그레이 컬러의 캐시미어 머플러나 장갑이 놓여 있을 것 같다며 제법 디테일한 그림을 함께 그려보기도 했다.

나는 그 이후 더 이상 고치라는 말을 하지 않았다. 그가 실제로 얼그레이를 마시지 않았다는 사실은 중요하지 않았다. 그에게 얼그레이는 차 이름이 아니라 그가 동경하는 어느 세련되고 기품 있는 세계를 향하는 문이었다. 그 문을 잠그라고 할 수는 없었다.

그때는 그런 시절이었고 우리는 문 밖에 있었다.

그는 명동에 있는 남성복 매장에서 일하고 있었고, 나는 충무로의 신문사 교열부에 다니고 있었다. 점심시간이면 자주 만나서 밥을 먹었다. 그와 밥 먹고 커피 마시며 얘기하는 시간이 하루 중 가장 즐거웠다. 그가 던지는 농담도 유쾌했지만 무엇보다 회사로 돌아가는 게 싫었다. 나도 그도 일이 싫었다.

나는 남의 글자를 고쳐주었고, 그는 남의 양복을 팔았다. 글을 쓰는 사람이 되고 싶던 나는 고치는 사람이었고, 양복의 주인공이 되고 싶던 그는 입혀주는 사람이 돼 있었다. 우리는 점심시간을 꽉 채워서 밥을 먹고 진한 커피도 마셨다. 한 번쯤은 얼그레이를 같이 마셨을 법도 한데, 그런 기억이 없는 걸 보면 아마도 말은 안 했지만 '얼그레이는 정말 우리가 원하는 일을 하게 됐을 때 마시자'는 약속을 마음속에 하고 있었던 것 같다.

몇 년 후 그는 방송작가가 되었고, 4년이 더 지난 후에 나도 글 쓰는 일을 시작했다. 그와 나는 마침내 일을 좋아하게 되었고 우리는 드디어 진짜 얼그레이를 마셨다. 하지만 드라마틱한 감흥은 없었다. 오히려 조금 시시했다. 얼그레이는 우리들의 생각만큼 대단한 차가 아니었다. 중국산 홍차에다 베르가못 향을 더해 영국에서 만들었으니 따지고 보면 중국산 차도 영국산 차도 아니었고, 홍차에다 다른 향을 입힌 것이니 이래저래 우리가 동경했던 순수한 품격과는 거리가 멀었다. 다만 상상했던 것처럼 얼그레이가 실제 영국 귀족의 이름이라는 점은 신기했다. 향기가 진해서 뜨거운 우유에 섞어 마시면 제법 맛이 났지만, 나는 우유를 잘 소화시키지 못했고, 그는 이미 커피에 인이 박여 있었다.

나는 이제 차를 마신다. 커피보다는 차가 소화불량에 좋다는 주위의 말에 홀려서 차에 습관을 들인 탓이다. 요즘에는 무엇보다 얼그레이를 자주 마신다. 단순히 얼그레이가 마시고 싶을 때도 있지만, 거꾸로 그를 생각하기 위해 마실 때도 있다. 진하게 퍼지는 향 끝에는 꼭 그가 따라오기 때문이다. 실제로 그는 라지 사이즈의 종이컵에 블랙커피를 담아서 방송국을 오갔지만, 내가 떠올리는 그는 언제나 얼그레이와 함께다. 방송국 회의실이 아니라 구로공단의 지하방, 넓은 창으로 햇빛이 비치는 작업실에서 함께 글을 쓰고 회의를 했던 풍경이 아니라 비가 오면 종일 작은 바가지로 함께 물을 퍼내야 했던 그곳의 젊은 날들이다.

> 젊은 날엔 젊음을 모르고
> 사랑할 땐 사랑이 보이지 않았네
> 하지만 이제 뒤돌아보니
> 우린 젊고 서로 사랑을 했구나
> 눈물 같은 시간의 강 위에
> 떠내려가는 건 한 다발의 추억
> 그렇게 이제 뒤돌아보니
> 젊음도 사랑도 아주 소중했구나
> 언젠가는 우리 다시 만나리
> 어디로 가는지 아무도 모르지만
> 언젠가는 우리 다시 만나리
> 헤어진 모습 이대로
> — 이상은, 〈언젠가는〉

작가 신정구, 그는 이제 이 세상에 없다.

조금 더 천천히 갔으면 좋았을 텐데, 그는 왜 그렇게 일찍 가야 했

. . .

을까. 그가 건네주고 간 추억을 한 다발 끌어안고 나는 아픈 기억들을 만지고 있다. 건널 수 없는 강을 사이에 둔 것처럼 소식도 전하지 않고 멀어졌던 날들도 있었다. 다시 만나서 그때처럼 웃고 밥을 먹고 농담을 던지면 좋았을 텐데, 이제 그럴 수 없다는 사실이 가장 애틋하다.

불편한 마음으로 마지막으로 그를 배웅하고 돌아오는 차 안에서 이상은의 노래가 흘러나왔다. 사진 속에서 웃고 있는 그를 남겨두고 올라오는 새벽길, 온통 안개로 휩싸인 도로에서 들었던 그 노래는 그가 나에게 해주는 말 같아서 한참이나 먹먹했다.

그랬다. 젊은 날 우린 젊음을 몰랐고 사랑할 땐 사랑이 보이지 않았다. 시들어가는 젊음의 끝자락에서 빠져나오기 위해 함께 버둥거렸던 그와 나. 뒤돌아보면 우리는 그때 서로에게 참 많은 걸 주었다.

나는 이제 정말로 얼그레이를 좋아한다. '있어 보이는' 이름 때문만은 아니다. 입 안에 감기는 씁쓸함이 좋기도 하지만 향이 강해서 몇 번을 우려 마셔도 맛과 향이 쉬이 꺼지지 않기 때문이다. 그도 나에겐 그럴 것이다. 몇 번을 되돌려 생각해도 그가 없었다면, 서로에게 서로가 없었다면 우리의 젊은 날은 존재하지 않았을 것이다. 이 글을 쓰는 지금도 얼그레이를 마시며 그를 떠올린다.

"나는 얼그레이를 마시며 당신에게 편지를 쓰고 있습니다……"

시들어가는 젊음의 끝자락에서

빠져나오기 위해

함께 버둥거렸던 그와 나

뒤돌아보면 우리는 그때

서로에게 참 많은 걸 주었다

웃는 얼굴로
돌아보라

내가 가장 좋아하는 단어 중에 하나는 '청춘'이다. 일상생활에선 잘 쓰지 않고 책이나 노래에서나 가끔 볼 수 있지만, 이상하게 청춘이라는 제목이 눈에 띄면 저절로 마음이 간다.

사전을 찾아보니, 청춘이란 '새싹이 파랗게 돋아나는 봄철'이라고 풀이하고 있었다. 하지만 청춘이라는 단어를 소리 내어 말하고 있으면, 문득 발아래 스러진 낙엽을 밟은 듯 자연스럽게 고개가 숙여진다. 어디선가 조명이 잦아들면서, 낮은 기타 소리와 읊조리듯 처연한 가수 김창완의 목소리가 들릴 것만 같다.

언젠간 가겠지 푸르른 이 청춘

지고 또 피는 꽃잎처럼

달 밝은 밤이면 창가에 흐르는 내 젊은 연가가 구슬퍼

．．．

가고 없는 날들을 잡으려 잡으려

빈 손짓에 슬퍼지면

차라리 보내야지 돌아서야지 그렇게 세월은 가는 거야

나를 두고 간 님은 용서하겠지만

날 버리고 가는 세월이야

정들 곳 없어라 허전한 마음은

정답던 옛동산 찾는가

— 산울림, 〈청춘〉

　이 노래를 배경으로 한 내 청춘의 한 장면은 영등포의 어느 환한
방이다. 집이라고 부르기에도 뭣한, 화장실이 집 밖에 따로 나와 있고
대로변에서 문을 열면 바로 방 하나던 곳. 공사 중에 잘못 뚫은 구멍
처럼 비정상적으로 창이 커서 아침이면 햇빛이 고스란히 들어왔고,
저녁이면 트럭들이 차를 대놓고 장사를 하는 통에 잠을 자려고 해도
더 잘 수 없던 곳.

　그날은 휴일이었다. 평소처럼 아침에 잠에서 깼다. 눈을 뜰 수 없을
만큼 강렬한 햇빛이 내 눈꺼풀 위를 짓누르고 있었다. 눈을 뜨고 싶
지 않았다. 눈을 뜨면 왠지 눈부신 햇살 속에 껍질처럼 말라 있는 내
몰골을 제삼자가 되어 목격할 것만 같았다.

．．．

　그때 나에게 청춘은 달 밝은 밤이면 창가에 흐르는 구슬픈 연가였고, 햇빛 쨍한 낮이면 창으로 넘어오는 서글픈 송가였다. 내 글을 쓰면서 살고 싶었지만 신문사에서 남의 글을 고쳐주는 일을 직업으로 삼고 있었고, 사랑받고 싶었지만 그럴 처지가 못 되었다. 월급을 탔지만 내의를 사줄 어머니 아버지도 안 계셨다.

　눈을 감고 가만히 있었다. 맨살에 와 닿는 햇빛이 너무 따뜻했다. 누군가 애정을 가득 담아 내 몸을 만져주는 것처럼 포근했다. 나도 모르게 울컥 눈물이 났다. 환한 데서 무슨 주책인가 싶어 얼른 훔쳤지만 이번엔 막고 있던 울음이 생으로 터졌다. 한참을 목이 쉬도록 울고 나니 이상하게 속이 후련했다.

　청춘을 왜 파랗게 새싹이 돋아나는 봄철이라고 했는지를, 다 울고 난 지금에서야 어렴풋이 알 것 같다. 그건 아마도 젊음이라고 부르는 얼어붙은 땅을 맨발로 다 지난 다음에서야 비로소 마음속의 파란 봄철을 맞이할 수 있다는 뜻이 아니었을까.

　청춘은 기어코 견뎌야 할 통과의례다. 울고 난 다음에야 속이 후련해지는 것처럼, 지나간 다음에는 반드시 웃는 얼굴로 돌아보게 될 것이다. 그러니 청춘의 한가운데에 있는 피로한 젊음들이여, 파란 싹을 틔울 때까지 어떻게든 포기하지 말고 조금만 더 힘을 내자.

무비스타가
되고 싶었어

얼마 전 친구를 만났다. 서로에게 재수 없다, 못생겼다고 놀려도 웃을 만큼 허물이 없었고, 같이 앉았다 하면 얘기하느라 시간 가는 줄 모르는 친구였다.

그날은 영 말이 없었다. 나 혼자만 반가웠는지 그는 커피숍의 좁은 흡연실에서 담배만 피워댔다. 그동안 별일 없었느냐고 묻는데, 돌아온 대답은 뜬금없이 "사람들이 다 싫다"라는 염증 섞인 한마디였다. 농담처럼 "나도 싫겠네?" 했더니 그렇다고 했다. 그러고는 자신이 뿜어내는 담배 연기처럼 낮게 이야기를 풀어냈다.

그는 아무래도 요즈음 자신이 우울증 비슷한 걸 겪고 있는 것 같다고 했다. 갑자기 모든 게 멈춰버린 것 같다고. 한발만 디디면 추락하게 될 낭떠러지 앞에 서 있는 것 같기도 하고, 건물 하나 세워지지 않은 황량한 공간이 끝도 없이 이어지는 것 같다고도 했다. 괜한 사람들에게 짜증만 낼지 모르니, 당분간 연락하지 말자는 말이 마지막이었다.

다음 날 친구의 말을 어기고 전화를 했다. 컬러링 음악이 바뀌어 있었다. 밝은 분위기의 크리스마스캐럴이었다. 하늘에서 하얀 눈이 날리고 두 손에 선물을 들고 사랑하는 사람을 만나러 가는 듯한 분위기의 곡이었다. 친구가 전화를 받지 않는 동안 따뜻한 캐럴을 들으며 나는 반대로 어두워져갔다.

왠지 그가 우울한 이유를 알아버린 것 같았다. 트리를 감싸고 쇼윈도를 밝히는 꼬마전구와 성탄절을 알리는 캐럴, 새 달력이 나오고 송년회가 하나씩 잡히는 연말이라서 그랬을 것이다. 세상의 웃음이 불빛처럼 모여드는 분위기 속에 자신이 앉은 자리에만 까만 장막이 쳐진 것처럼 느껴져서 그랬을 것이다.

안정된 직장도, 따뜻한 사랑도 모두 비켜간 불혹의 자신을 되돌아보다가 그는 덜컥 우울의 덫에 갇힌 게 아니었을까.

캐럴을 들으며 내 귀에는 다른 노래가 오버랩됐다. 울리는 핸드폰을 애써 외면한 채 친구는 토마토의 〈무비스타〉라는 노래를 이어폰에 꽂고 주머니에 손을 넣고는, 불빛이 번지는 어느 뒷골목을 혼자 걷고 있을 것 같았다.

너의 꿈은 반짝이는 무비스타
하지만 지금 넌 거리의 많고 많은 삐에로일 뿐이야

고개 들어봐 저기 샤이닝 스타
이제 네가 갈 길은 저만큼이나 멀리 있단다

널 보고 웃고 있잖니
고개 들어봐
바라봐
샤이닝 스타
이제 너도 웃잖니
그 누구도 너 같진 않아 무비스타
— 토마토, 〈무비스타〉

서른이 됐을 때도 우린 전화로 비슷한 얘기를 나눴다. 앞으로 나갈 수도, 뒤로 물러설 수도 없는 터널의 중간에 갇힌 것 같다고 했다. 남들은 이 나이에 결혼도 하고 뭐라도 이루는데, 우리는 조마조마하게 재계약과 다음 달 방세를 걱정하고 있었다. 스포트라이트를 받는 무비스타가 되고 싶었지만 우리는 분칠한 피에로였고, 반짝이는 별이고 싶었지만 단지 별을 밝혀주는 어둠일 뿐이었다.

내가 어떻게든 터널을 빠져나오는 동안 친구는 그 캄캄한 곳에서 계속 혼자 있었다고 생각하니 안타깝고 미안했다.

그는 지금보다 훨씬 더 잘될 것이다. 외면에 가린 내면을 볼 줄 알고, 함께 있는 사람을 웃게 만들고, 돌아서면 생각나는 친구. 그는 여전히 내 인생의 무비스타이고 샤이닝 스타이다.

관객이 한 사람뿐이어야 한다면 나는 기꺼이 마지막까지 객석을 지킬 것이다. 그리고 그가 마침내 만들어낼 최고로 빛나는 영화를 보며 기립박수를 칠 것이다.

언젠가는
보졸레 누보

"보졸레는 프랑스에 있는 지방 이름이고, 누보는 영어로 뉴(new)라는 뜻이야."

'보졸레 누보'라고 말할 때 그의 발음은 꽤 듣기 좋다. 프랑스에서 10년을 살다 왔으니, 당연한 것일지 모른다. 올해 보졸레 지방에서 새로 딴 포도로 담근 와인이 처음 나오는 오늘은 세계적인 축제 같은 날이라며, 들뜬 목소리로 설명했다.

편의점에 가니 새벽 2시가 넘어서야 보졸레 누보가 도착한다고 하여 우리는 일단 기다리는 동안 예열이나 하자며 적당히 마음에 드는 와인을 한 병 골라서 우리 집으로 왔다.

평소에는 밥상으로 쓰는 앉은뱅이책상에 와인을 올리고 안주로 구운 김을 옆에 놓았다. 내가 한 잔을 비우는 사이, 그는 서너 잔째 들이 켜고 있었다. 어느덧 남은 와인은 바닥까지 내려와 있었다. 그는 여전히 와인을 좋아했다.

그러고 보니 익숙한 풍경이었다. 내가 처음 그를 알게 된 밤에도 이런 식으로 우리는 새벽을 넘긴 적이 있었다.

2005년인가, 〈안녕, 프란체스카〉 촬영 때문에 체코에 갔다. 생애 첫 유럽행인데 바로 돌아오기 아쉬워 파리에 들렀다. 그 당시 나는 파리를 '낭만의 성지'쯤으로 추앙하고 있었기에 도저히 그냥 지나칠 수 없었다. 적어도 거리의 악사가 연주하는 샹송 한 곡은 내 귀로 직접 듣고 와야 낭만에 대한 허기가 채워질 것 같았다.

대신 경비를 아끼려고 민박을 골랐다. 무엇보다 민박집 주인이 공항까지 직접 마중 나온다는 조건이 길치인 나에게 유혹적이었다. 하지만 약속은 지켜지지 않았다. 전화를 걸었더니 술이 덜 깬 목소리로 미안하다며 버스를 타고 근처까지 와달라고 했다. 초행길의 불안감을 안고 어렵게 도착했더니 그곳은 전문 민박집이 아니었다. 유학생이 용돈을 벌기 위해 관광객들에게 방을 빌려주는 곳이었다.

그의 얼굴은 숙취에 절어 있었고, 내가 잘 곳이 어딘지 물었더니 그제야 주섬주섬 흐트러진 제 침구를 거실로 끄집어내며, 그 방에서 지내면 될 거라고 겸연쩍게 웃었다. 내 마음은 사정없이 구겨졌다. 늦은 밤이니 일단 하루만 머물고 내일 아침 옮기자는 생각에 잠이 들었다.

. . .

그러는 사이, 그가 부엌에서 밥상을 들고 왔다. "형, 저녁 안 먹었죠?" 하길래 기분 좋게 대꾸할 마음은 아니어서 "예"라고 짧게 말했다.

"한국 사람은 뭐니 뭐니 해도 밥이죠. 먹고 싶은 거 있으면 뭐든 말하세요. 다 만들어줄게요."

김치찌개는 첫 숟가락부터 혓바닥을 쏙 잡아당겼다. 푹 삶지 않고 아삭하게 익힌 김치의 속살과 매콤하고 시원한 국물 맛이 다리미처럼 마음의 주름을 싹 펴주었다. 바닥을 쳤던 그에 대한 평점이 극적으로 상승 그래프를 그리는 순간이었다. 그와 나는 새벽을 넘기도록 밤새 와인을 마셨다. 거실과 방의 경계가 없어지고, 주인과 손님의 선이 지워지고, 새벽에서 아침으로 이어질 때까지.

그는 의상학을 전공했다고 했다. 그래서인지 집 안 인테리어나 편하게 입은 옷차림에서도 감각이 보였다. 한국 식당에서 매니저로 있었고 지금은 잠깐 면세점에서 일한다고 했다. 의상학교를 다니는 동안엔 꽤 주목도 받고 칭찬도 들었는데, 경제 사정 때문에 끝까지 전공을 살리지 못한 게 아쉽다고 했다. 외국 나가서 공부한다고 친구들과 파티까지 하고 왔는데, 어떻게든 잘산다는 말을 듣고 싶었는데 지금 사는 게 잘사는 거 맞냐며 웃었다.

그 웃음은 눈물을 닮아 있었다. 한국으로 돌아와서도 내내 그 웃음이 마음에 걸렸다. 찬바람이 부는 길에다 고양이를 그냥 두고 돌아온 기분이었다. 그가 사는 파리는 더 이상 낭만의 성지가 아니라 가난

그래도 싹이 트는 것은 봐야지

싹은 올라올 거야

내가 틔운 싹을 보게 될 거야

···

한 꿈의 보루처럼 느껴졌다.

　와인 한 병은 금세 비워졌고, 어느새 2시가 넘어 있었다. 편의점에
갔지만 아직 보졸레 누보는 도착하지 않았다. 오는 즉시 연락해 주겠
다며 전화번호를 남기고 가라고 했지만 우리는 기다리는 대신 다른
와인 두 병을 골라서 돌아왔다.

　내가 와인을 새로 따는 동안 그는 좁은 베란다 창에 팔을 올리고
담배를 피우고 있었다. 차가운 공기로 흩어지는 담배 연기가 유난히
짙어 보였다.

　1년 전 그는 완전히 한국으로 돌아왔지만, 다시 떠돌고 있었다. 일
하던 파리의 식당까지 찾아와 자신이 투자할 테니 아이디어만 내라
던 친구와 함께 술집을 차렸다고 했다. 간이침대를 놓고 먹고 자면서
주방과 홀을 오가며 일했지만, 사이가 틀어져서 6개월 만에 그만두
었다.

　가게의 이름도 지었고, 구석구석 놓인 소품들도 그가 파리에서 가
져온 것이지만 결정적으로 그는 돈을 보태지 않았다. 말은 동업이었
지만 자연히 친구는 사장이고 그는 종업원일 뿐이었다. 10년을 넘게 가
장 친한 친구로 지냈지만 그는 친구도 잃고 미래도 잃었다.

　대출을 받아 유학비까지 내준 부모님에겐 고개를 들 면목이 없고,
잘사는 형제들도 없어 손을 벌릴 수도 없다고 했다. 사귀는 여자라도

있으면 위로라도 받을 텐데 그걸 술과 담배가 대신해 주고 있었다.

앞으로 무슨 일을 하게 될까, 무슨 일이 자신의 앞을 가로막게 될까 막막하고 불안한 얼굴이었다. 무슨 말이라도 해줘야 할 것 같았다. 건성으로 켜두었던 TV를 끄고 루시드 폴의 노래를 틀었다.

고요하게 어둠이 찾아오는
이 가을 끝에 봄의 첫날을 꿈꾸네
만리 너머 멀리 있는 그대가 볼 수 없어도
나는 꽃밭을 일구네
가을은 저물고 겨울은 찾아들지만
나는 봄볕을 잊지 않으니
눈발은 몰아치고 세상을 삼킬 듯이
미약한 햇빛조차 날 버려도
저 멀리 봄이 사는 곳 오, 사랑

눈을 감고 그대를 생각하면
날개가 없어도 나는 하늘을 날으네
눈을 감고 그대를 생각하면
돛대가 없어도 나는 바다를 가르네
꽃잎은 말라가고 힘찬 나무들조차
하얗게 앙상하게 변해도

들어줘 이렇게 끈질기게 선명하게
그대 부르는 이 목소리 따라
어디선가 숨 쉬고 있을 나를 찾아
네가 틔운 싹을 보렴
오, 사랑
— 루시드 폴, 〈오, 사랑〉

하루에 한 번 이상은 꼭 듣는 노래였다. 준비하던 드라마가 엎어질 위기까지 가는 바람에 나는 요즘 부쩍 의기소침해졌다. 글에 영 재능이 없는 건 아닌가, 내 한계는 여기까지인가, 대중적인 감각이 아예 없는 걸까, 이런저런 생각이 많아진다고 털어놓았을 때 친구가 권한 노래였다.

친구는 일 때문에 서울과 부산을 직접 운전하면서 오갔는데, 그날은 안개가 심하게 낀 날이었다. 문득 사는 게 너무 힘들다는 생각이 들었다. 꽉 막힌 새벽의 도로와 뿌연 안개로 한 치 앞도 보이지 않는 길이 마치 남은 인생처럼 느껴졌다. 갓길에 운전대를 멈추고 라디오를 틀었는데 이 노래가 나오고 있었다. 잔잔한 기타 한 대에 마음을 의탁한 듯 낮고 편안하게 부르는 노래였다. 절정에 이르도록 높이 올라가는 음이 하나도 없었는데 마음이 서서히 파도를 치기 시작했다. '네가 틔운 싹을 보렴. 오, 사랑'이라는 마지막 가사에서는 기어코 운전대에 몸을 얹고 펑펑 울었다. 그래도 싹이 트는 것은 봐야지. 싹은 올라올

. . .

거야. 내가 틔운 싹을 보게 될 거야. 그렇게 친구는 다시 기어를 밟고 서울로 올라올 수 있었다.

나는 이 얘기를 그에게 들려주며 다시 한 번 〈오, 사랑〉을 틀었다. 내게 그랬던 것처럼 노래 가사 하나하나는 고양이 발처럼 그의 불안한 마음을 꾹꾹 눌러줄 것이다. 다음 노래 〈삼청동〉이 시작될 때 그와 나는 새롭게 잔을 부딪치며 와인을 마시기 시작했다.

우리는 그날 끝내 보졸레 누보를 마시지 못했다. 그래도 우리가 마신 와인 또한 꽤 괜찮았다. 오늘이 아니면 조금 더 늦게 보졸레 누보를 마실 수도 있다. 내가 쓰고 싶은 드라마를 조금 더 늦게 쓸 수도 있을 것이고, 그가 원했던 삶을 조금 더 늦게 시작할 수도 있을 것이다.

하지만 언젠가는 꼭 보졸레 누보를 마시자고, 꼭 그러자고 다짐하며 우리는 다시 잔을 부딪쳤다.

악녀는
프라다를 멘다

나는 〈춘천 가는 기차〉라는 노래가 싫다. 이유도 없이 떠남을 부추기는 분위기가 싫고, 가본 적도 없는 춘천을 그리워하게 하는 낭만적인 가사가 싫다. 편안하게 파고들어 기어이 가슴을 헤집는 김현철의 창법도 싫다.

무엇보다 춘천으로 가는 기차라서 싫다.

한때 내게도 춘천은 꿈의 도시였다. 새벽이면 공지천에 물안개가 피어오르고, 이외수 작가가 우산도 안 쓰고 비를 맞으며 걷는 곳, 레코드 가게에서는 〈춘천 가는 기차〉가 배경음악으로 흘러나오는 곳이었다. 딱 그녀를 만나기 전까지였다.

당시 나는 입사한 지 2년쯤 되는 사회 초년생이었다. 월급보다 카드빛이 많았고, 고향에 가기보다 여행을 많이 다녔다. 현실 인식이라고는 전혀 없었다. 그녀는 대학 졸업반이었다. 어렸지만 모든 게 한 수 위였다. 깔끔한 외양에 사람을 대하는 고급스러운 매너까지. 친구들 도 나보다 그녀를 더 좋아했다. 너 같은 촌놈에겐 어울리지 않는다며, 왜 세련된 그녀가 너를 좋아하는지 불가사의한 일이라고 부러움을 섞 어서 놀렸다.

우리는 주말엔 늘 만났다. 옷은 매번 바뀌었지만 그녀의 가방은 언 제나 프라다였다. 학생이 사기엔 비싸지 않느냐고 물어보면 그냥 선물 받았다고만 했다. 그녀는 프라다가 좋다고 했다. 시크한 블랙에 로고 만 심플하게 얹은 감각이 과하지 않게 모던해서 나한테도 잘 어울릴 거라며 "나중에 돈 벌면 오빠도 프라다 슈트 사줄게" 하고 말했다.

그녀가 사준 프라다 슈트를 입은 내 모습은 상상이 잘 되지는 않았 다. 그런 고급 슈트를 입으려면 더 좋은 직장에서 더 높은 연봉을 받 아야 하는데, 글쎄, 자신이 없었다.

그녀에게 전화가 걸려온 건 금요일 밤이었다. 이번 주말에는 못 만 날 거 같다며 아침 일찍 오빠 차를 타고 집에 가게 됐다고 했다. 그녀 의 고향은 춘천이었다. 갑작스럽게 결정된 일이라 미리 말하지 못했 다고 했다. 그녀를 만나는 6개월 동안 처음 가는 고향 길이었다. 뭔가를 해줘야 할 거 같았다. 내가 가장 잘할 수 있는 걸 그녀에게 주기로 했다.

밤새 이리저리 쌓인 음반을 뒤지고 노래를 골라서 CD를 만들었다. 내가 상상하는 춘천의 느낌을 기승전결이 있는 한 편의 이야기처럼 담았다. 보조석에 기대 눈을 감고 듣고 있을 그녀를 떠올리니 밤이 깊어도 피곤하지 않고 신이 났다.

택시를 타고 집 앞까지 찾아가 그녀에게 주었다. 가는 길이 심심하지 않게 우리 둘이 함께 가는 기분을 느낄 수 있게 만들었으니 처음부터 차례대로 들어보라고 했다. 그녀는 고맙다고 했지만 그리 기뻐하는 것 같진 않았다. 적잖이 감동받는 모습을 기대했기에 조금 얼쯤해졌다. 무리해서라도 비싼 선물을 사줘야 했나 갸웃했지만, 막상 노래를 듣다 보면 내 진심을 읽을 수 있을 거라고 생각했다.

첫 곡은 김현철의 〈춘천 가는 기차〉였다.

조금은 지쳐 있었나봐 쫓기는 듯한 내 생활
아무 계획도 없이 무작정 몸을 부대어 보며
힘들게 올라탄 기차는 어딘고 하니 춘천행
지난 일이 생각나 차라리 혼자도 좋겠네

춘천 가는 기차는 나를 데리고 가네
오월의 내 사랑이 숨 쉬는 곳
지금은 눈이 내린 끝없는 철길 위에
초라한 내 모습만 이 길을 따라가네

. . .

그리운 사람

차창 가득 뽀얗게 서린 입김을 닦아내보니
흘러가는 한강은 예나 지금이나 변함없고
그곳에 도착하게 되면 술 한잔 마시고 싶어
저녁때 돌아오는 내 취한 모습도 좋겠네
— 김현철, 〈춘천 가는 기차〉

춘천에서 돌아온 그녀는 그 후로 바쁜 날이 늘었다. 평일은 물론이
고 주말에도 시간이 나지 않았다. 졸업 준비 때문이라고 했다. 몇 번
을 조른 끝에 광화문 교보문고 옆 2층 커피숍에서 다시 만났다.

"어땠어? 춘천은 잘 갔다 왔고? 내가 구워준 시디는 괜찮았어?"

"그렇게 눈치가 없어? 나 친오빠랑 갔다 온 거 아냐."

그렇게 당당할 수 있는 그녀가 놀라웠다. 내가 고른 노래를 배경음
악으로 그 남자의 손을 잡고, 허밍으로 따라 부르기도 했을 생각을
하니 피가 솟구쳤다.

"걱정 마. 오빠가 구워준 그 음악은 찔려서 차마 못 듣겠더라."

그녀는 그걸 양심선언이라고 생각하는 듯했다. 그 말을 끝으로 자신
의 일을 다 마쳤다는 듯 바로 커피숍을 빠져나갔다. 뒤따라 나갔지만
그녀는 이미 대기해 있던 중형차를 타고 바람과 함께 사라져버렸다.

．．．

그 후로 그녀를 한 번 본 적이 있다. 롯데백화점 앞이었다. 쇼핑백을 든 그녀는 돈 많아 보이는 중년의 팔짱을 끼고 있었다. 가방은 역시 프라다였다. 좀 더 크고, 좀 더 비싸 보였다. 역시 그녀는 시크한 프라다가 잘 어울렸다.

나는 그녀의 사랑이 거짓이었다고 생각하지는 않는다. 그녀는 나를 사랑했다. 다만 나보다 프라다를 조금 더 사랑했을 뿐이다.

행운의
타로카드

그는 배우가 꿈이었다. 잘생겼다는 말을 들었지만 눈에 띄는 정도는 아니었고, 춤을 잘 췄지만 마음을 움직이지는 못했다. 그럭저럭 서른 중반이 넘었는데도 주연 자리는 찾아오지 않았다. 그래서 많이 힘들었다. 성격이 좋아서 늘 웃고 다녔지만, 아는 사람들이 많이 모이는 자리는 피했다.

나는 가끔씩 그와 밥을 먹었다. 계산을 하고 나면 꼭 "고마워요, 형"이라고 깍듯하게 말해줘서 밥값을 내는 공을 세워줬다. 하루는 요즘 어떻게 생활하느냐고 물었더니 "저 아르바이트해요"라고 했다.

이벤트 업체에 등록하면 연락이 온다고 했다. 하루 전날 진행대본을 외우고 아이들 생일파티에 불려가 피에로 분장을 한 채 종일 놀아주면 몇만 원을 받는다고 했다. 뮤지컬 무대에서 엑스트라로 춤추는 일도 자주 오는 기회가 아니고, 그나마 지방까지 돌며 몇 달간 참여했던 것도 출연료를 떼였다고 했다.

술이 안 받는 체질이라 음료수를 시켰던 그는 내 앞에 놓인 술잔을 대신 들이켰다. 피에로처럼 코끝이 빨개지는 그의 얼굴이 창에 옅게 비치고 밤이 들어오고 있었다. 다음에 드라마를 쓰면 작은 역할이라도 맡을 수 있게 해보겠다고 했지만, 내가 생각해도 당장은 위로가 되지 않았다.

사실은 싹싹하고 친절한 성격을 살려서 사람들을 많이 상대하는 일을 시작하는 게 어떻겠느냐고 하고 싶었지만, 그 말은 나오지 않았다. 땅바닥에서 손을 휘저으며 힘겹게 한 걸음 한 걸음 나아가는 사람에게 함부로 던지는 조언은 처참하고 사치스러울 뿐이었다.

지하철이 끊기는 시간에 맞춰 자리에서 일어서는 그를 더 붙들 수는 없었다. 택시비 내는 것도 조마조마해 하는 사람에게 술 한 잔이 무슨 위로가 더 될까 싶었다.

돌아가는 시계바늘 찢어지는 하얀 달력
이상은 아주 큰데 현실은 몰라주고
가진 건 꿈이 전분데
돌아오지 못할 강물처럼 흘러간다
다시 오지 않는 아름다운 나의 청춘
무뎌지는 나의 칼날 흐려지는 나의 신념

느낄 수 있을 만큼 빠르게 변해간다
세상은 이런 거라고 위로해 보지만
인정하고 싶지 않다
서러움의 눈물 한없이 흘러내린다
돌아오지 못할 강물처럼 흘러간다
── 뜨거운 감자, 〈청춘〉

그 이후로 그는 전화를 잘 받지 않았다. 친구들도 소식을 몰랐다. 일 년쯤 지났을까, 그에게서 갑자기 연락이 왔다. 대뜸 밥을 먹자고 했다. 집 앞까지 찾아와 굳이 사겠다고 했다. 그가 사주는 밥은 맛있었다. 다른 사람이 아닌 그에게 얻어먹는 밥이라서 더 그랬다. 못 본 사이에 표정이 밝아지고 동작이 시원시원해진 그의 뒷이야기를 듣고 싶었다.

그는 무거운 마음으로 길을 걷다 눈에 보이는 타로점집에 들어갔다. 하루하루 버티기가 너무 힘겨워 어떻게든 의지하고 싶었다. 자주 찾아오던 그에게 가게 주인은 타로를 배워보면 어떻겠느냐고 물었다. 그쪽에 재능이 보인다고. 수업료를 내고 타로에 재미를 붙인 그는 알고 지내던 사람의 가게 안 귀퉁이에 공간을 만들어 타로점을 보기 시작했다. 싹싹하고 인정 많은 평소의 인성을 십분 발휘해 지금은 자신의 가게에다 꽤 많은 단골을 확보한 이름 있는 타로술사가 되어 있었다.

좋은 일만 있는 건 아니었다. 그사이 결혼을 했지만 지금은 다시 혼자가 됐다. 서두른 거 같다며 서로 힘이 될 거라 생각했는데 짐이 된 것 같다고 했다. 그래도 그는 지금이 좋다고 웃었다. 배우가 되고 싶은 욕심은 접었는데, 이 일을 하기 위해 그렇게 어렵게 살았나 싶다며 돈 모으는 재미가 쏠쏠하다고 좋아했다.

인생의 밤에서 대낮으로 넘어가는 그 시간을 기다리면서 많은 사람들이 꿈을 꾸고 힘겹게 버둥거리다 지쳐간다. 이러다 영원히 낮이 안 올지도 모른다고 포기하고, 절망으로 극한 결심을 하기도 한다. 하지만 대낮은 꼭 온다. 내가 생각했던 그 그림의 낮이 아닐 수도 있지만, 꼭 한 번은 찾아온다. 그렇게 되어야 한다.

분장을 지우지도 못하고 피에로만으로 살아가야 한다면 인생은 너무 서글플 것이다. 찌든 얼굴을 하얗게 분칠하고 밤이 돼야 웃던 피에로에서 환한 대낮에 정말로 밝게 웃는 사람으로 바뀌어 있어서 네가 얼마나 다행인지 모른다.

흔해 빠진
사랑 얘기

한 여자를 만났다. 그녀는 커다란 스피커 앞에서 초록색 병맥주를 들고 능숙하게 리듬을 타고 있었다. 머리칼은 잦은 염색으로 빨강에 가까웠고 '나쁜 여자'로 보이기에 충분했다. 저 여자라면 좋겠다고 생각했다.

우리는 클럽에서 나와 내가 살던 옥탑방으로 갔다. 그녀는 내 방을 좋아했다. CD가 이리저리 수북하게 쌓인 것도, 삼각형 모양의 창도, 다락방처럼 천장이 낮은 것도 모두 마음에 든다고 했다.

그녀는 내가 골라주는 노래에 귀 기울이며 고개를 까딱까딱하기도 하고 두 손으로 턱을 괴기도 했다. 와인도 꺼내고 촛불도 피웠다. 음악을 틀어놓고 삼각형 창 앞에 얼굴을 붙이고 앉아 우리는 11월의 까맣게 빈 하늘을 바라보았다. 자살한 몇몇 가수들의 이름을 떠올리면서 우리가 죽는다면 울어줄 사람이 몇 명이나 있을까 하는 얘기를 나누다가 입술도 나누었다.

천장에 달린 백열등을 끄자 방 안에는 단 두 사람을 채울 만한 노란 불빛만 남아 있었다. 그땐 그랬다. 굳이 사랑이 아니어도 좋았다. 살과 살이 닿는 감촉만으로도 처음 만난 사람과 하룻밤을 보낼 수 있을 정도로 무모한 피가 끓었다.

그녀는 '좋은 여자'였다. 차가 없는 남자를 부끄러워하는 대신 함께 만화책을 넘기며 지하철을 탔고, 옥탑으로 연결된 위험한 층계를 올라오면서 "뒤에서 보는 네 엉덩이가 귀여워"라고 말해주었다.

그녀가 '좋은 여자'가 되어갈 때 나는 이미 '나쁜 남자'가 되어 있었다. 그녀의 착한 사랑이 부담스럽고 지루했다. 결국 퇴근하고 집으로 찾아온 그녀에게 이별을 통보했다.

"헤어진 여자친구에게 다시 연락이 왔어. 아직 그 애를 좋아하는 것 같아. 미안해. 네가 생각하는 것보다 난 더 나쁜 놈이야."

손이 올라오는 순간 맞을 각오를 했지만 그녀는 내 뺨을 때리는 대신 두 볼을 쓰다듬었다. 손은 따뜻했지만 나를 바라보는 눈은 '내가 지겨워졌다는 거 다 알아. 이게 마지막이라는 것도'라고 말하고 있었다. 그녀는 내 빤한 거짓말에 속아주면서 나를 안아주었다. 이대로 그녀를 보내면 후회하겠지만 그렇다고 결론이 바뀔 거 같지는 않았다.

그녀를 다시 만난 건, 회식 후 들른 어느 노래방에서였다. 어깨가 맞닿는 좁은 복도에서 우린 어색한 웃음을 나누었다. 그녀의 머리는 까맣게 바뀌어 있었고, 안부를 묻는 그녀의 입에선 쌉쌀한 맥주 냄새가 추억의 노래처럼 흘러나왔다. 까만 머리가 잘 어울린다는 말 외엔 그녀에게 아무 말도 할 수 없었다.

다음 날은 야근이었다. 한창 바쁜 시간이 지나자 신문사는 다시 고요해졌다. 동료 서넛은 멀찍이 책상에 앉아 신문을 보고 있었고, 나는 인터넷을 했다. 새 메일이 하나 와 있었다. 그녀였다.

오랜만에 만나서 반가웠다며, 넥타이 맨 모습이 잘 어울린다면서 꼭 들려주고 싶은 노래가 있어 음악파일을 첨부한다고 했다. 가수 윤상의 노래였다. 인트로부터 마음에 쏙 들었다. 언뜻 들으면 경쾌하기까지 한 미드템포의 곡이었다.

며칠째 귓가를 떠나지 않는 낯익은 멜로디는
또 누구와 누가 헤어졌다는 그 흔해 빠진 이별 노래
거짓말처럼 만났다가 결국은 헤어져버린 얘기
죽도록 사랑했다고 내가 제일 슬프다고
모두 앞다투어 외치고 있는 결국 똑같은 사랑 노래
떠나가야 하는 한 사람 남겨진 한 사람

어쩌면 여전히 너는 이 노래를 비웃고 있을까

이별은 공평하지 않다

한 사람이 가볍게 생각한 마음을

다른 사람은 선물처럼 끌어안고 있다

때늦어 버린 눈물이 필요한 건 한심한 바보들뿐이라고
널 코웃음 치게 했던 그런 바보가 되어버린 내게
내일마저 알 수 없는 사랑이란 풀지 못할 미스테리
— 윤상, 〈결국... 흔해 빠진 사랑 얘기〉

가사가 들리는 순간, 얼굴이 뜨거워졌다. 그 곡은 결코 밝기만 한 노래가 아니었다. 그녀의 다친 마음이 노래 곳곳에 지뢰처럼 숨겨져 있었다. 이별은 공평하지 않다. 한 사람이 가볍게 생각한 마음을 다른 사람은 선물처럼 끌어안고 있다. 어떻게든 추억이라는 말로 포장하려고 해도, 세상에서 단 하나밖에 없던 이야기는 또 하나의 흔해 빠진 사랑 얘기가 될 뿐이다. 지극한 마음도 소용없던 잔인한 이별 앞에서 그녀는 자신의 머리를 어둠처럼 까맣게 물들였겠지.

부끄러웠다. 노래를 들으며 느끼는 슬픔조차 미안했다. 멍하니 앉아 그녀에게 답장을 쓸까 고민했지만 그만두었다. 그날을 마지막으로 더 이상 그녀에게서는 연락이 오지 않았다.

하룻밤 함께한 사이에도 도둑처럼 사랑이 스밀 수 있다는 걸, 포옹하고 키스하는 순간부터 마음이 시작될 수 있다는 것을 왜 미처 알지 못했을까.

눈조차 내리지 않던 그해 겨울밤 이 노래를 들으며 내내 마음에 후회를 새겼다.

내게 맞는
배역

늦은 밤, 책을 읽다가 덮어두고 잠이 오지 않아 이리저리 몸을 뒤척이고 있을 때였다.

어디선가 들리는 물방울 소리. 침대 밑으로 굴러 떨어진 휴대폰에서 나는 소리였다.

'봄인데, 잘 지내지?'

그녀에게서 온 문자였다. 얼굴 안 본 지 얼마쯤 됐지. 거의 두 달 만인가.

그녀를 처음 만난 건 지금처럼 겨울에서 봄으로 넘어가는 2월 하순이었다. 연세대 앞 어느 골목 2층에 있던 호프집이었다.

인터넷 음악동호회 정기모임에서 처음 인사를 나눈 그녀는 나와 같은 뮤지션을 좋아한다고 했다. 그 말을 하는 도톰한 입술이 자꾸 눈에 맺혔다.

"방금 동생이랑 통화했는데, 영등포엔 비 온대요."

그녀는 영등포에 산다고 했다. 부산에서 올라와 영등포로 주거지를 정한 지 삼 일째 된 나에겐 기막힌 우연이자, 가깝게 지내라는 운명의 사이렌처럼 들렸다. 그녀의 집은 우리 집에서 걸어서 15분 거리에 있었다.

매일 만나면서도 헤어질 때가 되면 우리는 그녀의 집 앞 어둑한 골목에서부터 불 꺼진 건물, 가려진 담벼락에 기대 키스를 했다. 세상의 모든 움직임이 정지되고, 우리 둘만 유일하게 사랑의 주인공이 된 듯한 뿌듯함에 도취됐다.

하지만 우리가 나누었던 키스는 1년 기한이었다. 그녀는 갑자기 마음이 떠났다고 했다. 돌이킬 수 없을 만큼이라고 했다. 이유조차 없다는 사람에게 어떤 방법과 애원도 통할 리 없었다. 그때 나는 그 사랑이 영원할 줄 알았다. 그 사랑의 담에 기대 끝나지 않는 꿈을 꾸고 있었다. 달콤함에 취해 있었고, 비극적인 엔딩은 머릿속에 없었다. 그래서 그 담이 무너져 내렸을 때 나는 제대로 넘어졌다. 일어나기도 싫고, 그대로 잠들어버리고 싶었다. 모든 게 허무했다. 어제까지 전화하고, 얼굴 보고, 입 맞추고, 손잡던 사람을 하루아침에 모른 척하고 지내야 하는 현실에 적응할 수 없었다.

나는 영등포를 떠났다.

'봄이 아니고 겨울인 것 같은데?'

그녀에게 이렇게 문자를 보내려다가 단축키를 눌렀다. 1번은 당연히 아니었다.

"나 헤어졌어."

"그때 같이 봤던 사람이랑 잘 안 됐구나."

두 달 전쯤 그녀는 애인이라며 연하의 청년을 소개시켜 주었다. 남자는 남자의 눈으로 보는 게 정확하다며 그가 괜찮은 사람인지, 자기를 많이 좋아하는지 감별을 의뢰한 자리였다. 그는 매력적이었지만 그녀를 많이 좋아하는 것처럼 보이진 않았다. 자신을 좋아하는 그녀의 눈길을 즐기고 있을 뿐이었다. 내 짐작이 정확했는지 그는 그녀에게 일방적으로 연락을 끊었다고 했다. 다른 사람이 생겼다는 단순하고도 확실한 이유였다. 그녀는 그가 없는 지금 많이 힘들다고 했다. 한때 사랑의 고통을 주었던 사람에게, 사랑의 고통을 털어놓는 그녀의 모습이 참 아이러니했다.

그런 그녀를 자연스럽게 위로하는 내 모습 또한 누가 보면 웃기겠다고 생각했다. 하지만 그게 인생이었다. 때로는 꿈에도 생각지 않은 배역이 주어지고, 그 역할이 의외로 잘 맞는다는 걸 알게 되기도 한다.

그녀와 헤어진 지 3년이 지나고 레코드 가게에서 우리는 다시 만났다. CD를 고르다가 눈이 마주쳤을 때 나는 아프지 않았다. 대신 나에 대해 아주 잘 아는 어릴 적 친구를 오랜만에 만난 듯한 반가움과 서

먹함이 동시에 느껴졌다. 우리는 같이 밥을 먹고, 새 전화번호를 교환하며, 키스 대신 악수를 했다. 그렇게 우리는 헤어진 애인에서 친구가 되어갔다.

한때 죽을 것처럼 아파하고 사랑했던 두 사람을 무엇이 좋은 친구로 만들 수 있었는지는 모른다. 다만 나도 모르는 시간이란 마술이 서서히 그녀에 대한 감정을 사랑에서 우정으로 바꾸어놓았다고 말할 수밖에 없다.

지쳐버려서 놓아버리면 우린 스쳐가는 사람처럼
서로 아무런 상관도 없는 각자의 삶을 살아가겠죠

수많았던 웃음과 눈물은 모두
그저 추억이라는 제목을 지닌 한 편의 수필되어
기억의 책장 그 어딘가 남게 될 테고
시간이 흘러갈수록 그 위엔 먼지만

둘이 힘들어 하나가 되면 잠시 편할 수 있겠지만
하지만 우리는 또 다시 외로움에 지쳐
다른 사랑 찾아 떠나겠죠

그리고 우리의 수많았던 웃음과 눈물은 모두

그저 추억이라는 제목을 지닌 한 편의 수필 되어
기억의 책장 그 어딘가 남게 될 테고
시간이 흘러갈수록 그 위엔 먼지만

우린 끝을 맺지 못한 채 계속 쓰여지는
그런 글이 되길 바랄게요
── 넬, 〈Onetime Bestseller〉

나는 지금도 사랑을 믿는다. 여전히 사랑이 영원했으면 좋겠다. 그 것이 진짜 사랑이라는 것도 안다. 하지만 이젠 사랑이 변한다는 것도 안다.

아침에는 봄이었다가 저녁에는 겨울이 되고, 어제는 겨울이었다가 오늘은 봄이 되는 2월의 날씨처럼 사랑도 계절처럼 변할 수 있다는 것을. 죽을 것 같던 실연의 고통도 어느덧 사라지듯이, 사랑하는 마음 도 사라질 수 있다는 걸 받아들이고 나서 조금은 편안해졌다.

지금에 와서 어쩌면 사랑은 받아들이는 것이 아닐까 생각한다.

내 앞에 있는 그 사람의 모습을 그대로 받아들이고, 미칠 듯한 격 정과 불안, 행복과 편안함도 받아들이고, 언젠가 두 사람 중 한 사람 의 사랑이 변하고 사라질 수 있다는 것도 받아들이는 거라고.

．．．

사랑이 변한다는 걸 알면서도 왜 사랑을 해야 하느냐고 묻는다면 잠깐 생각하다가 이렇게 말할지도 모른다.

돈은 사람을 멋지게 만들어주고, 명예는 사람을 우아하게 만들어 주지만, 사람을 가장 사람답게 만들어주는 건 사랑이라는 걸 믿으니까. 내가 사람 냄새나는 사람이길 바라듯 나 또한 그런 사람에게 여전히 끌리기 때문이라고 말이다.

새벽 3시쯤 우리는 서로의 다음 사랑이 영원하길 응원하며 전화를 끊었다.

그리고 사랑에서 우정으로 변한 우리의 관계도 영원하기를 약속했다. 그녀 덕분에 오랜만에 아침까지 편안한 꿈을 꾸게 될 것 같다.

인생이란 겉은 해지고 조각났지만

끝까지 붙들어야 하는 미련스러운 것임을.

속에는 여전히 따뜻한 솜털 같은 희망이 눈뜨고 있다는 걸

믿어야 하는 것임을, 나도 점차 알아갈 것이리라

2장

세상에 똑같은 냄새를
가진 사람은 없다

냄새는 지문처럼
가슴에 새겨진다

겨울에 먹는 생굴은 참 맛있다. 차갑고 매끈하고 풍부한 질감에다 혀끝을 감싸는 비린 바다 냄새가 무엇보다 좋다. 그녀도 맛있는지 입을 크게 벌려서 초장에 찍은 빨간 생굴을 날름 삼킨다. 그녀의 식욕이 살아나서 다행이다. 그녀와 나의 관계도 예전처럼 돌아가서 다행이다.

그녀는 내가 아끼는 동생이다. 한때 그녀와 나는 멀어졌다. 글 쓰는 일을 해보고 싶다고 해서 자리를 만들었는데 그녀는 좀처럼 적응하지 못했다. 내가 좀 더 잘 끌어주길 그녀는 바랐고, 반대로 나는 그녀가 좀 더 제 몫을 충실히 하기를 원했다. 서로에 대한 불만이 오해로 굳어졌다. 미움보다는 섭섭함 때문에 당분간은 안 보고 지내는 게 낫다고 생각했고 우리는 굳이 연락하지 않고 지낸 것이다.

．．．

그녀를 다시 보게 된 건 상갓집에서였다. 그녀는 하얀 상복을 입고 있었고, 예의 그 담담한 미소로 오빠 와줘서 고마워, 라고 말했다. 당분간만 그녀를 내 안에서 덜어내고 있었던 것인데, 그 당분간에 그녀는 남편과 사별하고 오늘의 안타까운 주인공이 돼버린 사실에 너무 미안했다.

안 본 사이에 그녀의 후덕한 몸과 얼굴은 반으로 접힌 종이처럼 야위어 있었다. 살 빠지니까 예뻐졌네, 라고 말하니 오빠가 나 뚱뚱할 때만 봤구나. 원래 나 예쁜 얼굴이었어, 라고 웃는다. 밝은 천성이 이 위태한 순간을 넘기는 유일한 힘이 되어주는 것 같아 안쓰러웠다.

찬바람이 부는 날 다시 만난 그녀에게 꼭 굴을 먹여주고 싶었다. 살아 있는 맛, 꿈틀거리는 모양, 비린 냄새를 맡게 해주고 싶었다. 다행히 그녀는 맛있다며 바다 냄새를 마음껏 즐겨주었다.

자리를 옮겨 우리는 지인들의 안부와 최근에 일어난 일들, 그녀의 중학생 아들이 즐겨 듣는다는 팝송과 비틀즈, 브리티시 록에 대한 얘기를 계속했다. 그러다가 무슨 말 끝이었는지 냄새와 향기의 차이에 대한 얘기가 나왔다. 나는 향기라는 말보다 냄새라는 말이 좋다고 했다. 향기라는 말은 너무 정제되어 있어서 정이 잘 가지 않았다. 그녀도 동의했다.

그녀는 남편이 간절하게 보고 싶을 때는 무엇보다 그 사람의 냄새가 생각난다고 했다. 평소에 이렇게 밥을 먹고 친구를 만나고 영화를

같은 향기를 가진 사람은 여럿 있지만,

세상에 똑같은 냄새를 가진 사람은 없다

냄새는 결코 다른 것으로 대체할 수 없는 것이다

보고 똑같이 생활하다가도 그 사람이 문득, 보고 싶다고 했다. 갑자기 툭, 그립다고 했다. 그 사람의 냄새가 너무 그리워서 누군가 푹 하고 가슴을 찌르듯이 아프다고 했다.

남편이 떠난 후 그녀는 매일 밤 미처 빨지 않고 둔 남편의 옷을 끌어안고 자는데 그 옷에서 남편의 냄새가 나면 마음이 안정되면서 겨우 잠든다고 했다. 그런데 그 냄새가 매일 조금씩 옅어진단다. 이제 나 정말 떠나요. 여보, 라고 손을 흔들고 뒷모습을 보이는 것처럼 남편의 냄새가 서서히 사라진다며 옅게 웃었다.

알고 있다
이게 꿈이라는 것을
그럼에도 너의 모습은 참 오랜만이야
그렇게도 사랑했었던 너의 얼굴
맑은 눈빛 빛나던 입술까지

살아 있다
저기 저 신호등 건너
두 손 흔들며 옅게 보조개 짓던 미소까지
조심히 건너 내게 당부하던 입 모양까지
오늘 우린 이렇게 살아서 숨을 쉰다

눈을 뜨면 네 모습 사라질까 봐

두 번 다신 널 볼 수 없게 될까 봐

희미하게 내 이름 부르는 너의 목소리

끝이 날까 무서워서 나 눈을 계속 감아

안녕이란 인사조차 못할까 봐

그대로인데 사랑했던 너의 모습

눈가를 흘러 베갯잇을 적셔만 간다

하나둘씩 너의 모습이 흩어져만 간다

눈을 뜨면 봄처럼 곧 사라지겠지

나 눈을 뜨면 번쩍이는 섬광처럼

이제는 그대도 조금씩 안녕

— 에피톤 프로젝트, 〈눈을 뜨면〉

옅은 웃음 끝에 결국 눈물이 딸려 나왔다. 약한 척하는 걸 싫어하
던 그녀가 그렇게 우는 걸 보니 견디기 힘들었다. 눈앞에서 우는 모습
을 보는 내 마음도 이렇게 서늘한데 세상에서 가장 사랑하는 사람을
잃어버린 그녀는 어떨까. 고통이 짐작 가지 않았다.

그녀는 한참을 아파할 것이다. 이젠 멈춘 줄 알았을 때 다시 아파하
게 될지도 모른다. 하지만 언젠가, 어디쯤에서 그녀도 웃게 될 날이 오

지 않을까. 행복해서가 아니라 그녀가 불행한 모습을, 떠난 남편이 보기 싫어하리라는 생각에 행복을 연습하다 웃게 되지 않을까.

몸서리치는 그리움의 한가운데서 냄새 하나로 버티고 있는 그녀를 보며 그제야 나는 향기와 냄새의 차이를 알 것 같았다. 같은 향기를 가진 사람은 여럿 있지만, 세상에 똑같은 냄새를 가진 사람은 없다. 냄새는 결코 다른 것으로 대체할 수 없는 것이다.

그 사람이 아니면 안 되는 것, 오로지 그 사람에게서만 나오는 것, 먼지처럼 때처럼 아무것도 씻어내지 않고 덜어내지 않고 켜켜이 쌓여서 그 사람만의 지문이 되는 것이다. 그리고 그 지문은 그 사람을 지극히 사랑하는 다른 한 사람의 가슴에 오랫동안 새겨지는 것이다.

이름 없는
여자

여기는 한남동 지하에 있는 LP바. 옛날 음악을 LP로 틀어준다는 친구의 말에 솔깃해서 바로 2차를 따라왔다. 친구가 듣고 싶다던 아라베스크의 디스코에 이어 내가 신청한 인순이의 〈비닐장판 위의 딱정벌레〉가 흘러나온다.

이봐요 에레나 무얼 하나
종일토록 멍하니 앉아 어떤 공상 그리할까
시집가는 꿈을 꾸나 돈 버는 꿈을 꾸나
정말 에레나는 바보 같아 오늘 하루 이런 난리
딱정벌레야 너는 아니
비닐장판 위의 딱정벌레 하나뿐인 에레나의 친구
외로움도 닮아가네 외로움이 닮아가면

어느 사이 다가와서 슬픈 에레나를 바라보네
울지 마요 이쁜 얼굴 이쁜 화장이 지워져요
긴 낮이 가면 밤 셀레임에 뜬구름
골목마다 사랑을 찾는 외로운 사람들
— 인순이, 〈비닐장판 위의 딱정벌레〉

테이프로 갖고 있다가 어느 샌가 잃어버리고, CD로 나오면 다시 사야지 했지만 결국 재발매되지 않았다. 인순이의 신나는 히트곡에 묻혀 이 곡을 기억하는 사람은 드물었고, 쇼 무대에 설 때 가끔은 불러주지 않을까 싶어 TV 앞에서 귀를 쫑긋했지만 번번이 실망하곤 했다. 언젠가 옛날 음악을 들려주는 술집에 가게 되면 꼭 이 노래부터 신청해야지, 기억하다가 결국 소원을 풀었다.

트로트 같기도 하고, 블루스 같기도 하고, 플라멩코 같기도 한 이 이상야릇한 가요를 듣다 보면 실제로 에레나라 불리는 어떤 여자가 노래 속에 들어앉아 옷을 벗듯 제 사연을 하나씩하나씩 풀어내는 느낌이었다. 그만큼 진솔하고 애틋하고 청승맞았다.

오랜만에 다시 그 신파에 취해선지 자꾸만 술이 들어갔다.

그때는 우리 집에서도 술을 팔았다. 과자도 팔고 닭발도 팔고 막걸리도 팔고 똥집도 팔았다. 틀어서 누운 뱀처럼 굽어진 골목 끝에 있는 우리 집에 오는 손님들은 주로 여자들이었다. 짙은 화장을 한 여자들은 새벽까지 술을 마셨고, 여자들이 모조리 사라진 아침이면 골목은 갯벌처럼 텅 비었다.

내가 기억하는 그녀는 그 여자들 중 하나였다. 그녀의 이름은 모른다. 그녀의 이름을 불러본 적이 없고, 불리는 것도 본 적이 없기 때문이다. 그녀는 애초부터 이름이 없었다. 이름이 없어도 상관없는 골목이었다.

사람들은 그저 진 양이라고만 했다. 한참이나 나이가 많은 그녀를 나도 진 양 누나라고 불렀고, 그럴 때마다 그녀는 밤톨만 한 내 머리를 쓰다듬어주었다. 청재킷에 청바지, 안에 받쳐 입은 붉은색과 초록색 줄무늬가 뒤섞인 알록달록한 티셔츠, 살짝 파마 기가 있는 단발머리. 내가 떠올리는 그녀는 갓 소년원에서 나온 불량기 어린 소년의 이미지였다. 긴 머리에 짧은 치마를 입던 골목의 여자들과 달라서 나는 그녀가 특히 좋았다. 어른 자전거 중간에 발을 끼우고 힘차게 페달을 밟아서 시장까지 갔다 오면 심부름 값을 후하게 쳐주는 덕분에 나는 그 돈으로 소세지도 사먹고, 공책을 사서 지붕 위에 올라가 시를 쓰다가 널어놓은 이불 위에서 잠들곤 했다.

한 번은 그녀의 방에 가본 적이 있다. 심부름한 걸 갖다주러 갔다가 들어가게 되었다. 여닫이문을 여니 바로 방이 나왔다. 어른 키만 한 거울과 방 안 가득한 화장품 냄새도 신기했지만, 내 눈엔 다른 게 먼저 들어왔다. 비닐장판 위에 우두커니 놓인 이불이었다.

. . .

한낮을 한참 넘겼는데도 개지 않고 그대로인 이불이 전혀 이상하지 않았다. 게을러서 치우지 않았다는 느낌이 아니라 부엌이나 문지방처럼 한 번도 움직인 적 없이 계속 그 자리에 있었고 앞으로도 계속 그 자리에 있을 것 같은 느낌이었다. 주름진 이불 위로 햇빛이 뒤척이고 있었다. 뜬금없이 외로운 기분이 들었다.

그날 그 이불을 마음속에 품고 온 후로 다시는 그녀의 방을 찾지 않았다.

그 후로 나는 고등학생이 되었다. 그녀와는 일부러 거리를 두었다. 그래야 될 것 같았다. 그녀는 그 골목을 떠나서 다른 골목으로 떠났고 그녀가 없어진 지 몇 달이 지났을 때, 우리 집 술자리에서 그녀의 소식을 주워들었다.

"진 양이 죽었대. 독하기도 하지. 자살이래."

그녀는 스스로 지른 불길 안에서 눈을 감았다고 했다. 큰 빚은 없었으니 돈 때문은 아니라는 얘기를 덧붙였다. 밤마다 붉은 등불 속에 앉아 있던 그녀는 왜 하필 붉은 불길 속을 택했을까.

그녀의 방에 있던 그날의 이불과 싸구려 매니큐어처럼 번뜩이던 햇빛이 눈앞에 어른거렸다. 노래 속 에레나처럼 그녀도 비닐장판 위의 딱정벌레를 보았겠지. 가도 가도 끝이 없는 길, 긴 낮이 가면 밤이 오고, 밤이 오면 다시 긴 낮이 올 뿐. 어느덧 딱정벌레를 닮은 자신의 모습을 거울 속으로 보았겠지. 화장이 지워질까 봐 울음을 참고 그날

밤도 골목 밖으로 나섰겠지.

나는 그녀들에게 손가락질할 수가 없다. 손을 잡아줄지언정 내가 뭐라고 함부로 손가락질 수 있을까. 내가 그들보다 더 깨끗하고 치열하게 살았다고 말할 수 있을까. 그래서 나는 그들보다 나은 사람이라며 떳떳할 수 있을까.

오늘도 세상 구석구석에선 몹쓸 짓을 하거나 말도 안 되는 일을 벌이고, 어두운 골목을 찾아드는 사람들이 넘쳐나는데도, 나는 그저 술을 마시고 이렇듯 노래 한 곡에 마음이 약해져서 흔들리는데. 그렇게밖에 할 수 없는데.

예뻐서
슬픈 여자

오래전 채팅 사이트에 빠져 산 적이 있다. 딱히 연애를 하고 싶어서가 아니라 나 같은 인간을 좋아해 줄 사람도 있을까 확인하고 싶었다. 그게 위로가 된다고 생각했다. 그만큼 초라한 시절이었다.

그녀는 다른 여자들과 달랐다. 담백하고 겸손했다. 어느 탤런트를 닮았다거나 인기가 아주 많다는 식의 거창한 예고편을 풀어놓지 않았다. '전 그냥 평범해요. 눈에 잘 안 띄어요'라고 수줍게 자판을 두드리는 것 같았다.

약속 장소는 소공동 롯데백화점 앞으로 정했다. 먼저 도착해서 기다리는데 한 여자가 눈에 띄었다. 청바지에 코트를 입고 있었다. 퇴근길의 애인을 기다리는지 설레는 얼굴이었다.

가시철조망 속 장미처럼 다가갈 수 없는 예쁜 여자를 보니 슬퍼졌다. 저런 여자의 애인은 얼마나 행복할까, 나 같은 건 상대도 안 될 만큼 멋있는 남자겠지. 그런 생각을 하니 더 고개가 숙여졌다.

내가 만나기로 한 평범한 여자는 어디쯤 왔는지 휴대폰을 눌렀다. 마침내 영화 같은 일이 내게도 벌어지는 걸까. 놀랍게도 그 여자가 전화를 받았다. 눈이 마주치는 찰나에도 나를 어떻게 볼지 스치는 여자의 표정을 살피는 데만 신경이 쓰였다.

"아까부터 보고 있었어요."

그녀는 수줍게 웃으며 다가왔다. 미소에 억지가 없었다.

우리는 근처 카페에서 커피를 마시고, 영화를 봤다. 무슨 얘기를 했는지 무슨 영화를 봤는지도 잘 기억나지 않는다. 이 예쁜 여자가 왜 지금까지 나와 같이 있어줄까, 한 번도 싫은 내색은 안 했으니 마음에 든다는 뜻일까, 그리하여 어느 날은 연인이 될 수도 있을까, 스크린 불빛이 번뜩일 때마다 그녀의 옆얼굴을 지켜보며 조마조마했던 내 마음만 또렷하다.

다음 날에도 그녀를 만났다. 명동성당에 가고 싶다던 그녀를 따라 본당 뒤편으로 가보니 마리아 상이 보였고, 소주잔처럼 작은 양초들이 촘촘하게 빛나고 있었다. 불을 붙이고 소원을 비는 자리라고 했다. 우리는 나란히 서서 각자 원하는 무언가를 빌었다. 눈을 감고 한마디만 되뇌었다. 이 여자가 내 여자가 되게 해주세요. 유일하고도 간절한 소원이었다.

"아까부터 보고 있었어요"

그녀는 수줍게 웃으며 다가왔다

나는 내가 빌었던 소원을 그녀에게 말해 주었다. 마음을 고백하기에 이르다는 걸 알았지만 빨리 말하지 않으면 당장이라도 누가 채갈 것 같았다.

역시 영화 같은 일은 일어나지 않았다. 그녀에겐 남자친구가 있었다. 이제는 마음도 변하고 남자친구에게 아무 감정도 느끼지 못하지만 힘들 때 옆에 있어준 사람이라 역시 안 되겠다며 남자친구를 떠날 수 없다고 했다. 차라리 이 자리에 나오지 말지 왜 나왔느냐는 말에, "좋았으니까요"라면서 그녀는 나를 꼭 안아주었다.

무너지는 가슴에 맞닿는 그녀의 가슴은 하늘에 떠 있는 달처럼 동그랗고, 따뜻했다. "우리 집에 갈래요?" 애인 있는 여자라는 걸 알면서도 어떻게든 더 안고 싶은 욕망이 앞섰다. 그녀는 고개를 끄덕이는 대신 좋아하는 노래를 담았다면서 CD를 내밀었다. 미리 준비한 이별 선물이었다.

집에 와서 들어보니 영화 〈인정사정 볼 것 없다〉에 나왔던 비지스의 〈Holiday〉도 있었고, 보이존의 〈No Matter What〉도 들어 있었다. 언젠가 시간이 흐르면 까먹을까 봐 하얀 CD 알판에 그녀의 이름을 써놓았다. 다시는 만날 수 없다는 안타까움에 푹 젖어 들 수 있게 노래는 슬픈 감성으로 출렁거리고 있었는데, 그중 생뚱맞게 신나는 가요 한 곡이 끼어 있었다. 뽕뽕거리는 디스코 리듬에 저절로 손이 하늘로 뻗어나가는 박진영의 〈그녀는 예뻤다〉였다.

. . .

그녀는 너무 예뻤어

하늘에서 온 천사였어

그녀를 난 사랑했어

우린 행복했어

그런 그녀 날 떠나고 나는 혼자 남겨졌고

그녈 잊어보겠다고 애썼지만

그녀는 너무 예뻤다

그래서 더 슬펐다

하늘에 별은 빛났다

나는 울었다

— 박진영, 〈그녀는 예뻤다〉

노래를 들을 때마다 몸은 신나는데 눈에선 바보처럼 눈물이 났다. '그녀는 너무 예뻤다. 그래서 더 슬펐다'는 그 부분에서 자꾸 울컥했다. CD에 있는 어떤 노래보다 가슴을 콕콕 찌르는 곡이었다.

내 운명에 예쁜 여자는 없는 거라고 나름 마음정리를 했을 즈음, 한 통의 전화가 걸려 왔다. 저녁을 훨씬 넘긴 야근 시간이었는데, 그녀였다. 전화기 속 그녀는 내가 보고 싶다며 힘들다고 했다. 술을 마신 것 같았다. 이런 관계에서는 거절당한 쪽이 슬픈 역할을 맡는 게 보통인데, 내가 오히려 울먹이는 그녀를 달래고 있었다.

그녀는 오랜 시간이 더 지나면 인적 드문 제주도에서 자신의 이름을 건 사진관을 하고 있을 테니, 손님인 척 찾아오라고 말해 주었다. 그때도 둘 다 혼자면 우리는 같이 지낼 수 있을 거라고, 영화 같은 여운을 남기며 끊었다. 끊고 보니 정말 영화였다. 어떻게든, 8월의 크리스마스.

그 후로 나는 핸드폰에서 그녀의 이름을 지웠다.

지금 생각해 보면 모든 게 꿈만 같다. 그녀에게 진짜 애인이 있었는지, 오랜 시간이 지나 정말 제주도에서 사진관을 하며 날 기다릴 생각이었는지 아무것도 확실하지 않다. 다만 두 번밖에 만나지 않은 인연을 두고 유난떨며 아파했던 그녀에 대한 기억은 지금도 날 간지럽게 한다.

과연 그녀가 평범하게 생겼더라도 그만큼 아파했을까. 운명적인 사랑을 놓쳤다고 말하고 싶지만, 어쩌면 단지 그토록 예쁜 여자를 눈앞에서 놓쳐버린 게 분해서 그랬는지도 모른다.

누구라도
사소하듯이

정말이지 난 그날 나가기 싫었다. 후배들이 일부러 집 앞까지 찾아왔다고 강조했지만 니들끼리 놀라며 거절했다. 자주 보는 후배들이라 그날은 건너뛰고 집에 혼자 있고 싶었다. 묻지도 않았는데 2차로 옮긴다는 문자를 보내왔다. 문제는 횟집이라는 거였다. 회라면 자다가도 벌떡 일어나는 '어류인간'이라는 걸 알기에 그걸 미끼로 던진 것이다.

낚였다. 침대에 누워 TV나 보며 주말을 처량 맞게 보낼 것인가, 후배들이 차려놓은 상에 젓가락을 올리고 생선살을 씹으며 고소하게 보낼 것인가 3분쯤 고민했다. 보고 싶은 건 봐야 하니까 회를 보러 나가기로 했다.

걸어서 5분 거리에 있는 횟집에 들어서니 후배 한 명이 더 나와 있었다. 덕분에 남아 있는 회가 별로 없었다. 괜히 나왔나 살짝 후회했지만 그래도 매운탕에 남은 회를 말끔히 수거하고 나니 배도 어지간히 불렀다.

그들이 정한 3차는 노래방이었다. 나는 집에 바로 들어가겠다고 했다. 24시간 음악 없이 못살지만 이상하게 남 앞에서 노래 부르는 건 재미도 없고 흥도 안 나서 억지로 참석하는 회식 자리 아니고선 피해왔다. 절대 그대로 보낼 수 없다며 후배들이 잡았다. 공짜로 옹달샘 물만 먹고 가는 새벽토끼가 된 것 같아 찝찝하던 차에 못 이기는 척 끌려 들어갔다. 노래방 비를 계산하면서 한 곡만 부르고 가겠다는 약조를 했다. 다들 한 차례씩 마이크가 돌고 진짜 나가려는데 또 다시 잡혔다. 지금 나가면 흥 다 깬다고 더 있으라고 붙들었다. 그리고 마이크를 들면서 물었다. "형 이거 뭐지?" 멜로디를 흥얼거렸다. 이 노래를 부르겠다고? 내 인생의 애청곡인 배인숙의 〈누구라도 그러하듯이〉를 부르겠다니. 졸음이 싹 달아났다.

우리 집에선 자주 이 노래가 흘러나왔다. 라디오에서도 들었고 테이프로도 들었다. 공교롭게 대부분 잠에서 깰 때쯤 이 노래가 흐르고 있어서 나에겐 말 그대로 꿈결 같은 노래였다.

누구라도 그러하듯이 길을 걸으면 생각이 난다
마주보며 속삭이던 지난날의 얼굴들이

꽃잎처럼 펼쳐져 간다

소중했던 많은 날들을 빗물처럼 흘려보내고

밀려오는 그리움에 나는 이제 돌아다본다

가득 찬 눈물 너머로

누구라도 그러하듯이 거울을 보면 생각이 난다

어린 시절 오고가던 골목길에 추억들이

동그랗게 맴돌아간다

가슴속에 하얀 꿈들을 어느 하루 잃어버리고

솟아나는 아쉬움에 나는 이제 돌아다본다

가득 찬 눈물 너머로

— 배인숙, 〈누구라도 그러하듯이〉

하루는 비 오는 날 라디오에서 이 노래가 나온 적이 있다. 열린 방문 밖으로 빗소리가 음표처럼 땅 위에 동그라미를 그리는 모습을 보고 있는데 '소중했던 많은 날들을 빗물처럼 흘려보내고'라는 부분에서 오싹한 한기가 느껴졌다. 그 순간 커다란 연잎에 후드득 후드득 빗방울이 떨어지는 것처럼 나는 정면으로 노래를 맞고 있었다.

추억에 잠길 준비를 단단히 하고 듣는데, 아뿔싸, 후배가 부르는 노래는 그 노래가 아니었다. 〈누구라도 그러하듯이〉는 절대 그렇게 부르면 안 되는 노래였다. 음정은 하나도 안 맞고, 가사도 못 따라잡아서 가창이 아니라 옹알이였다. 내 노래를 이리도 무참히 망치다니. 마침내 마이크를 잡고 후배에게 눈빛을 쐈다. 내 눈을 바라봐. 내가 지금부터 너를 진짜 〈누구라도 그러하듯이〉로 인도해 줄게. 살짝 내 목소리를 보탰다. 나의 길잡이에도 불구하고 후배는 자꾸만 큰길 놔두고 옆길로 빠져나가고 있었다.

극약 처방을 써야 한다는 판단이 들었다. 여자 키로 돼 있어서 그런 걸 거야, 생각하며 버튼을 눌러 남자 키로 바꿨다. 그러고는 다시 후배의 눈을 봤다. 내가 남자 키로 바꾸는 거 봤지? 이제 부를 수 있겠지? 하지만 그 순간 '쾅!' 소리와 함께 마이크는 탁자에 내려 꽂혔고, 반주는 꺼진 채 차가운 침묵만이 방 안을 에워쌌다.

"왜 그래?"

무슨 일인가 싶어서 다들 그 후배만 바라봤다. 그때 후배의 입에서 나오는 건 차마 받아 적을 수 없는 삐삐삐 음성처리 사운드였다. "차라리 형 왜 그래! 왜 내가 노래 부르는데 옆에서 거들어!"라고 화를 냈으면, "니 노래를 망치려고 그런 건 아니었어. 그러니까 오해 풀어"라며 뭐라고 설명이라도 해주겠지만 화산처럼 폭발하는 욕설에 피할 새도 없이 마음이 빨갛게 데었다.

나는 그날 밤 내내 뒤척였다. 까짓것 술 먹고 한 실수라고 생각해 버리면 되지, 그런 대범한 인간이 되고 싶었는데 그게 안 됐다. 차라리 돈 3백만 원 빌려가서 떼먹고 도망갔다든가, 애인과 바람이라도 났

. . .

다면 평생 얼굴 붉히며 안 볼 텐데. 내가 여기서 다시는 안 보겠다고 하면 쩨쩨한 인간이 될 것이고, 당장 허허거리며 마주하기엔 속없는 인간이 되는 애매하고 사소한 선에 물려 있었다.

전혀 관계가 없는 일인데, 이상하게 다른 일 하나가 연달아서 자꾸 따라왔다. 그 사건의 배경은 노래방이 아니라 과일 가게였다.

나는 그 가게의 단골이었다. 거의 2년 동안 일주일에 서너 번은 들러서 계절 과일을 사들고 가곤 했다. 그 여름날도 평소처럼 가게에 들러 수박과 멜론 등을 샀다가 용기 내서 한마디를 했다.

"사과 하나만 그냥 얹어주면 안 돼요?"

주인 아저씨는 단호하게 안 된다면서 정확하게 계산하고 거스름돈을 주었다. 그 가게에 놀러온 아저씨의 친구도 옆에서 비싼 과일만 샀는데 사과는 그냥 하나 줘도 되겠구먼, 이라며 거들었지만 아저씨는 꿈쩍도 하지 않았다. 그 이후로 나는 그 과일가게에 발걸음을 끊었다. 겨우 용기 내서 한 말이었는데, 그래도 2년이나 단골이었는데……. 대신 바로 옆 슈퍼에서 사온 과일들을 몰래 숨겨 가면서 그 과일 가게 앞을 지나곤 했다. 저런 인정 없는 가게는 망해 버려라, 하고 마음속으로 욕하면서.

몇 달 후 그 과일 가게는 정말로 망했다. 내 소심한 주문이 먹힌 것일까. 그럴 리는 없겠지만 그래도 그 과일 가게 자리에 생겨난 횟집에서 가끔씩 우럭을 씹을 때마다 미안한 마음이 살짝 가시처럼 돋아났다.

．．．

    나는 그 후배를 한 달째 보지 못하고 있다. 술도 별로 안 마셨는데 그날 왜 그랬는지 모르겠다며 미안하다고 했지만 나는 잠깐만 시간을 달라고 했다. 언제 또 들이닥칠 느닷없는 욕을 당해낼 맷집을 키울 시간이 지나면 나는 다시 후배를 보게 될 것이다. 사소한 일이겠지만 이제 그 노래를 들을 때마다 어릴 적 비 오던 한낮의 앞마당이나 오래된 라디오의 낭만이 아니라 전광석화처럼 폭발하던 후배의 욕설이 떠오를 거 같아 두고두고 속상하다.

내 안의
달

참 이상하다. 아무리 생각해도 그날 내가 왜 지하철을 탔는지, 어디를 다녀오는 길인지는 기억나지 않는다. 다만 그녀의 까만 눈동자만은 불의 흔적처럼 아직도 가슴에 까맣게 남아 있다.

지하철은 불빛으로 물든 밤의 한강 위를 달리고 있었다. 여자와 눈이 마주친 건 정차를 알리는 안내방송이 울리고 사람들이 출입문으로 걸음을 옮길 때쯤이었다. 여자는 사람들에게 떠밀리듯 힘없이 문 앞에 섰다. 음악을 듣던 나는 사람들을 피하느라 흐트러진 헤드폰을 정리하고 있었다. 그때 그 여자와 눈이 마주쳤다.

출입문 앞에 선 여자의 눈은 옆으로 길게 찢어졌는데 유난히 눈동자가 까맸다. 까만 눈에선 먹물 같은 눈물이 말없이 뺨을 따라 흐르고 있었다. 보통은 그런 모습을 누가 바라보면 고개를 돌릴 텐데, 여자는 오히려 내 눈을 정면으로 마주하고 있었다.

"사는 게 왜 이렇게 슬프지요. 당신도 그렇지요. 다들 이렇게 사는 거겠죠."

여자는 그렇게 말하는 것 같았다.

"맞아요. 나도 그래요. 그래도 사는 거죠."

나도 여자의 눈을 피하고 싶지는 않았다. 그래선 안 될 것 같았다.

울고 있나요

당신은 울고 있나요

아, 그러나 당신은 행복한 사람

아직도 남은 별 찾을 수 있는

그렇게 아름다운 두 눈이 있으니

외로운가요

당신은 외로운가요

아 그러나 당신은 행복한 사람

아직도 바람결 느낄 수 있는

그렇게 아름다운 두 눈이 있으니

— 조동진, 〈행복한 사람〉

로맨스 소설이나 영화였다면, 여자를 따라 내려 운명적인 사랑으로 연결됐겠지만, 현실 속의 우리는 나이도 이름도 묻지 않고, 여자도 그저 눈동자 하나만을 남기고 지하철에서 내렸다. 출입문이 열리고 여자는 사라졌지만 한참 동안 여자의 눈동자를 가슴에 품었다.

연모가 아니라 연민이었다. 같은 세상을 살고 있는 우리, 그럼에도 전혀 도움이 되어주지 못하는 서로.

무엇이 여자를 그토록 슬프게 했을까. 마음을 준 사람에게 실연의 말을 들은 걸까, 친구와 맛있는 저녁을 먹고 돌아오는 길에 어머니가 돌아가셨다는 연락을 받은 걸까, 오랫동안 꿈꾸던 오디션에 떨어지고 이젠 그만 포기하자고 마음먹은 걸까. 잘 피하며 가고 있다고 생각했는데 문득 함정처럼 숨어 있던 슬픔의 지뢰를 밟았던 거겠지. 돌아오는 내내 돌을 얹은 듯 마음이 무거웠다.

며칠이 지났지만 여전히 여자의 눈동자는 노란 달처럼 가슴속에 박혀 있다. 오늘도 그 달이 반짝인다. 사람들은 모두 행복하다고 말해도, 어쩔 수 없이 그렁그렁 빛나는 달을 가슴에 안고 살고 있는 것이다.

어느 봄날의
시나리오

그녀와 헤어지고 1년이 지난 어느 봄날이었다.

새벽잠이 없는 친구에게서 전화가 걸려왔다. 잠 안 오면 밥이나 먹자고 했다. 하고많은 밥집 중에 왜 그 집이 생각났을까. 1년도 훨씬 지난 일이니 괜찮을 거라고 생각했다. 연탄불에 구워져 나오는 돼지고기를 얹어 고추장에 비빈 통마늘을 상추에 싸 먹을 생각을 하니 꿀물 같은 군침까지 돌았다.

그녀가 사는 집 근처라 늘 망설였지만, 돼지고기 2인분에 청국장까지 먹어 걸쭉하게 배가 부르니 역시 잘 왔다고 생각했다. 이 맛이 그리웠지만 일부러 오지 않았는데 그럴 필요까지 없었다며 배짱까지 두둑해졌다.

시간은 새벽 2시가 넘어 있었다. 카운터에 있는 박하사탕까지 집어

. . .

먹고 나와 느리게 걸었다. 봄바람이 박하처럼 알맞게 시원했다. 친구
는 이런 밥집을 왜 이제야 가르쳐줬냐며 단골집 해야겠다고 신나 있
었다.

그때였다. 큰 길에서 다섯 뼘쯤 들어간 골목에서 누군가 획 튀어나
왔다. 차도에 뛰어든 산짐승처럼 크고 힘센 동작이었다. 후드티를 머
리까지 푹 덮고 있었다. 요즘 어린 애들은 저러고 다니는구나, 그런데
뒤통수가 눈에 익었다.

가로등 불빛을 엊고 가는 그의 뒷모습은 듬직하고 활기찼다. 나랑
은 모든 게 달랐다. 다리도 길어서 보폭이 컸고, 어깨도 넓어서 강인
해 보였다. 뒤통수에 달린 눈이 신호를 보냈는지 그가 슬쩍 뒤를 돌
았다. 고개를 갸웃하며 날 살피더니 걸음을 재빨리 바꿨다. 역시 그랬
다. 그녀의 남자친구였다.

나는 박하사탕을 뱉어버렸다. 단맛은 다 날아가고 쓴맛만 입 안에
흥건했다. 그와는 서로 얼굴을 알고 있었다. 오래 사귄 그녀와 함께
가던 곳이 많아서 일부러 단골까지 바꿨지만 우연히 길거리에서 부
딪히는 것만은 어쩔 수가 없었다. 그녀 옆에는 항상 그가 있었다.

그는 편의점에 들어가면서 다시 한 번 나를 향해 고개를 돌렸다. 지
금까지 그녀와 같이 있다가 잠깐 뭔가를 사러 나온 것 같았다. 그녀
는 아무 탈 없이 잘 살고 있는 게 분명했다. 그의 표정과 동작만으로
도 그녀의 안부를 짐작하는 건 어렵지 않았다. 지켜보던 친구는 말없

미움을 베어내고

그 자리에 담담한 새살이 돋아나기를,

그리하여 어디에서 너를 우연히 만나도

아무렇지 않기를

. . .

이 내 어깨만 툭툭 쳐주었다.

집에 돌아오자마자 컴퓨터를 켰다. 그녀의 블로그를 뒤지고 연결된 그의 홈페이지에도 들어갔다. 그녀는 역시 잘 살고 있었다. 사랑받는 여자의 피부는 빛난다고 했던가. 광고 카피처럼 그녀의 얼굴은 행복으로 빛나고 있었다.

장난기 어린 그의 얼굴은 액자처럼 그녀의 공간을 장식하고 있었다. 일부러 표정을 일그러뜨려 귀엽고 우스꽝스러운 표정을 만들어낸 그의 얼굴을 보고 있는데 속에서 뭔가 울컥 올라왔다. 눈물이 되기 전의 큼직한 얼음 덩어리 같은 느낌이었다.

순간적으로 어린놈에게 끌렸지만 그놈은 그녀에게 함부로 군다. 어쩌면 폭력까지 휘두른다. 생긴 건 멀쩡하지만 머리는 비어 있어 대화가 안 되고 팔다리는 멀쩡하지만 일을 하지 않아 그녀에게 짐이 된다. 결국 그녀는 다시 나에게 돌아온다. 나는 이것저것 묻는 대신에 그냥 남자답게 한번 안아준다, 는 내 시나리오는 힘없이 페이드아웃 되고 있었다.

그날 밤, 침대에 누워 생각했다. 남이 잘못되기를 바라는 건 하느님도 들어주지 않는다는 것을.

이제는 그녀가 돌아오게 해달라고 하는 대신 다시는 그녀를 사랑하지 않기를, 지금 내가 미워하는 꼭 이만큼만 날 미워해주기를, 미움

. . .

을 베어내고 그 자리에 담담한 새살이 돋아나기를, 그리하여 어디에
서 너를 우연히 만나도 아무렇지 않기를 바라며 서서히 눈을 감았다.

꼭 이만큼 이만큼만 너도 날 미워하기를
나처럼 나처럼만 너도 날 미워하기를
미안해 어쩔 수 없잖아 미워할 수밖에 없잖아
이렇게 널 보내주려면

천천히 터벅터벅 사랑은 끝을 향해 가네
다시 돌아올 수 없는 길을 걸어가네
내가 널 미워할 수 있을까
서슴없이 성큼성큼 사랑은 끝을 향해 가네
이제 두 번 다시 돌아오지 않을 길을
꼭 이만큼 이만큼만 잊은 채 살 수 있기를
— 캐스커, 〈꼭 이만큼만〉

엄마의
이불

엄마는 자주 바느질을 하셨다.

방 한가운데 두꺼운 이불을 펴고, 새로 빤 하얀 이불홑청을 다시 꿰매서 입히곤 했다. 나는 흐트러지지 않게 이불 귀퉁이를 잡고 엄마가 조용히 바느질하는 걸 지켜보았다.

붉은 천에는 활짝 입을 벌린 커다란 꽃들이 금실로 수놓아져 있었지만, 화려하지는 않았다. 빛깔은 이미 오랜 세월 끝에 바래져 있었고, 곳곳에 꿰맨 자국이 녹슨 철로처럼 지나가고 있었다. 새로 빤 이불홑청만이 유난히 하얀 이빨처럼 어색하게 네 귀퉁이를 감싸고 있을 뿐이었다. 바느질을 하는 엄마의 모습이 너무 진지해 보여서 함부로 재잘거릴 수 없었다.

그 후로 가끔씩 엄마의 이불을 떠올렸다. 이상한 기분이었다. 뭔가 남들에게 알리고 싶지 않은 집안의 내력을 붙들고 있는 느낌이었다. 진작 버려야 할 구질구질한 것들을 껴안은 미련함이 대물림될 것 같다는 생각에 헝겊 조각 같은 엄마의 이불이 싫었다. 나는 꿰맨 자국 없이 새 이불 같은 향긋한 생을 살고 싶었다. 모두가 부러워할 만한 멋진 생을 꿈꾸었다. 얼마나 열심히 사느냐보다 얼마만큼 가지고 누구보다 뛰어난 사람이 되는가가 더 중요했다.

아버지가 돌아가시고 엄마가 다시 그 이불을 폈을 때, 그만 버릴 때가 되지 않았느냐고 물었다. 그러자 엄마는 덮고 자던 이불은 함부로 버리는 게 아니라고 하셨다. 그러면서 내 몸이 닿던 물건은 쉽게 정을 떼는 게 아니라고 웃으시며 다른 말은 더 보태지 않은 채, 조용히 이불홑청을 꿰맸다.

하지만 엄마는 침묵으로 내게 말을 건넸다. 살아가는 건, 기운 이불 같은 거라고. 해지면 깁고 뜯어지면 또 깁고, 그렇게 깁고 기워서 남들 눈엔 누더기처럼 보일지라도 나에겐 가장 소중하고 하나밖에 없는 이불이 되는 거라고. 엄마가 깁는 건 이불이 아니라 평생 살아온 당신의 얼굴이었다.

오래오래 걸어야 할지니 그대 걸어야 할지니
벌써부터 서둘지 말지라 결코 서둘지 말지라

. . .

자주자주 울어야 할지니 그대 울어야 할지니
벌써부터 슬프지 말지라 결코 그런즉
옛어른 가라사대 그것이 바로 인생이라 하셨으니
괜시리 바쁠 것도 서글플 것도 기쁠 것도 없을지라
저 강물처럼 흐르는대로 흘러가야 할 것이니
어차피 잊어버릴 근심거리는 여기 내버려둘지라

옛어른 가라사대 그것이 바로 인생이라 하셨으니
괜시리 바쁠 것도 서글플 것도 기쁠 것도 없을지라
저 강물처럼 흐르는 대로 흘러가야 할 것이니
어차피 잊어버릴 근심거리는 여기 내버려둘지라
── 윤상, 〈근심가〉

친엄마를 일찍 여의고 새엄마의 구박에 어린 나이에 여동생을 데
리고 남의 집을 전전하다 결혼해서 얻은 첫아들과 다섯 살 먹은 딸을
뇌염으로 먼저 하늘로 보내고, 겨우 가슴을 다잡고 살아가게 되었을
때 남편의 도박 빚으로 다시 찾아든 가난……
그 찢어진 흔적들을 무심하게 깁고 또 기우면서 엄마는 당신의 삶을
끌어안으려고 했을 것이다.

인생이란 겉은 해지고 조각났지만 끝까지 붙들어야 하는 미련스러

운 것임을, 속에는 여전히 따뜻한 솜털 같은 희망이 눈뜨고 있다는 걸 믿어야 하는 것임을, 나도 점차 엄마처럼 알아갈 것이리라.

행복은 결코 '그때'에 있지 않다

그리고 '언젠가'에도 없을 것이다

지금 내가 앉아 있는 이 자리, 지금 나와 같이 있는 이 사람들,

지금 내가 갖고 있는 이것들에만 있는 것이다

3장

왠지 건널 수 없는
저편의 그가 말해 주는 것

고맙습니다

'가정방문'이라는 말을 들으면 눅눅하게 곰팡이 핀 벽지가 햇빛에 드러난 것처럼 한없이 안쓰럽다.

나는 우리 집에 누가 오는 게 싫었다. 아버지가 일하러 가지 않고 종일 집에 계시는 것도, 잘못도 없는 어머니가 젊은 선생님께 연신 고개를 숙이는 것도, 우리 집이 창녀촌에 있다는 사실도 들키기 싫었다. 어떻게든 피하려고 했지만 선생님은 가까운 동네에 있는 애들을 데리고 마침내 우리 집에 왔다. 그리고 다음날 소문은 검은 연기처럼 학급에 퍼졌다. 아이들의 입에서 입으로 내 이름 앞엔 '창녀촌에 사는'이라는 수식어가 붙어서 떠돌았다.

나는 나를 그렇게 만든 아버지가 미웠고, 어머니가 미웠다. 그깟 가정방문이 뭐라고, 와서 뭘 더 좋게 만들어줄 수도 없으면서 찾아오는 선생님이 미웠다. 불쌍한 놈, 너 이런 데서 사는구나……. 머리를 쓰다듬어주고 가는 손길이 하나도 따뜻하지 않았다. 가정방문은 내가 다른 아이들과 다르다는 것을 매년 확인하는 잔인한 통과의례일 뿐이었다.

가정방문이 지나고 나면 모두 깔깔거리며 일상으로 돌아가지만, 나만 교실 뒤에 남아 벌거벗고 벌처럼 서 있는 것 같았다. 아이들의 자존심 따위는 상관하지 않는 어른들의 세계가 싫었고, 슬픔을 고작 생일에 조립식 로봇을 사주지 않은 엄마아빠에 대한 투정 정도로 아는 또래들의 세계도 유치해서 싫었다.

어른과 아이의 세계 어디에도 속하지 못하는 나는 말이 없었다. 교실 유리창 한 장 깨뜨리며 놀아본 적도 없고 결석을 해도 출석을 해도 아무도 모를 정도로 존재감이 없었다.

나를 드러내지 않는 것, 상대가 다가오면 움찔하는 것, 애초에 내 것이 아닌 것들은 담담하게 보내주는 것, 그게 편했다. 어차피 애들에게는 내가 사는 어두운 세계에 대해 말해 줘도 가벼운 호기심만 키울 테니 말하지 않는 편이 나았다.

홀로 잠에서 깨도
어둠이 와도
더 이상 울지 않게 자란 아이
너의 어린 맘속에 담기엔

난 너무 큰 아이

— 푸른새벽, 〈소년〉

"그날 신부님과 가정방문을 가도 되겠지요?"

가정방문이란 말을 듣는 순간, 본능적으로 몸이 쭈뼛했다. 끝난 게 아니었다. 다시 시작되고 있었다. 오랫동안 온몸에 감춰둔 가시가 다시 돋는 것 같았다.

내가 다니는 서교동 성당의 구역장에게서 전화가 온 것이다. 신부님이 신자들의 집에 축성을 하고 불편함이 없는지 돌보기 위해 가정방문을 하는데 언제가 좋겠느냐고 물었다. 세례를 받고 조용히 미사만 다닐 생각이었는데, 신자명부에 이름과 주소가 올라가면서 자동적으로 내 존재가 드러난 것이다. 일 때문에 보통 집을 비운다는 핑계를 대려다가 나도 모르게 언제가 좋겠다고 말해 버렸다. 다른 사람도 아니고 신부님에게 전할 말에 거짓말을 하는 게 아무래도 꺼림칙했다.

그날은 아침부터 가슴이 뛰기 시작했다. 익숙한 두려움이었다. 어릴 적 선생님을 앞서 걸으며 우리 집 문을 내 손으로 열 때처럼 불안했다. 방에 들어오신 신부님은 편안한 웃음으로 내게 손을 내밀어주셨고 촛불을 켜고, 성수를 뿌리고, 기도를 해주셨다. 같은 구역 사람들이 신부님과 함께 둘러서서 잘 알지도 못하는 나를 위해 손을 모아

주었다. 이상했다. 순간 촛불 하나를 가운데 둔 것처럼 마음이 따뜻해
졌다.

더 이상 우리 집은 어린 시절의 우리 집이 아니었다. 더 이상 나는
집에서 달아나고 싶어 발을 구르던 어린애가 아니었다. 모든 상처는
흘러가고 없었고 나는 거친 물길에 살아남은 바위처럼 어른이 되어
세상에 뿌리를 박고 있었다.

고맙습니다, 라는 말이 절로 나왔다. 내가 여기까지 남아서 버티게
해줘서. 결국은 당신을 만나게 해줘서. 어떻게든 모자란 나를 끌어안
아줘서. 하느님, 고맙습니다.

어머니 아버지 고맙습니다. 남들과 다른 세상에서 자라게 해줘서.
내 어둠을 거름으로 다른 이의 허물을 함부로 판단하지 않게 해줘서.
내 가난을 거름으로 다른 이의 고난을 가벼이 여기지 않게 해줘서.
그 성장의 시간과 경험들이 저에게 글이 되게 하시고, 연민이 되게 하
시고, 사랑이 되게 해주셔서 정말 고맙습니다.

우리는
친구였다

한동안 블로그를 만들고 소소한 일상과 취향에 대한 얘기를 전하는 재미에 푹 빠져 있었다. 짐작만 했던 독자들이 찾아와서 듣기 좋은 말을 써주면 신이 나서 댓글을 달곤 했다. 그의 소식을 접한 것도 비밀글로 올린 대학 동창의 방명록에서였다. 거의 20년 만이었다.

네가 작가가 됐는지 최근에 알았어, 라는 반가운 인사는 그가 교통사고로 먼저 떠난 걸 알고 있느냐는 말로 끝나 있었다.

내가 다니던 국문과에는 남학생이 다섯 명 있었다. 나는 그들 전부와 친하게 지낼 생각이 없었다. 글을 쓰고 싶은 열정은 없고 대충 점수에 맞춰 들어와 당구장만 들락거릴 것처럼 보였다. 깊이가 없다고 생각했다.

내가 뭐라고 다른 사람의 옅고 깊음을 판단할 수 있었을까. 기껏해야 나랑 잘 맞고 덜 맞는 사람으로 나눌 수 있을 뿐인데. 그 시절의 나는 어설픈 나이에 어설픈 건방으로 함부로 벽을 쌓고 있었다.

그는 그중에서 유난히 튀었다. 뭐든 적극적이었다. 모두 귀찮다고 피하는 과대표를 맡아서 하겠다며 과대표가 되었다. 심하게 곱슬곱슬한 앞머리와 까만 피부, 쏙 들어간 볼 때문에 귀에 걸친 금테 안경이 유난히 도드라져 보였다.

그때 나는 그 애가 싫었다. 노골적으로 싫다는 표정을 보여도 팔짱을 끼며 능글맞게 웃는 것도 싫었다. 재수하고 들어온 나와 두 살이나 차이가 나는데도 꼬박꼬박 반말을 하며 친한 척하는 것도 별로였고, 과 선배들에겐 지나치게 귀여움을 부리는 것도 성미에 안 맞았다.

그 당시 한창 염세주의에 젖어 있던 나는 열심히 발버둥치고 움직이는 모든 것에 대해 시답잖은 냉소를 보냈다.

참 기분이 이상했다. 난 그를 한 순간도 좋아한 적이 없는데, 그가 이 세상에 없다고 생각하니 왜 이리 쓸쓸하고 허무할까. 자꾸만 철없이 웃는 그의 얼굴이 눈앞을 가로막았다.

'너는 나를 싫어했지만 나는 너를 한 번도 싫어한 적이 없다. 우리 친구였으니까.'

왠지 건널 수 없는 저편의 그가 그렇게 말해 주는 것 같았다. 나는 친구가 아니었다고 생각했는데 그는 내 친구였던 것이다.

'너는 나를 싫어했지만

나는 너를 한 번도 싫어한 적이 없다

우리 친구였으니까'

· · ·

오르고 또 올라가면

모두들 얘기하는 것처럼

정말 행복한 세상이

있을 거라고 생각하진 않았지만

나는 갈 곳이 없었네

그래서 오르고 또 올랐네

어둠을 죽이던 불빛

자꾸만 나를 오르게 했네

알다시피 나는 참 평범한 사람

조금만 더 살고 싶어 올라갔던 길

이제 나의 이름은 사라지지만

난 어차피 너무나 평범한 사람이었으니

울고 있는 내 친구여

아직까지도 슬퍼하진 말아주게

어차피 우리는 사라진다

나는 너무나 평범한

평범하게 죽어간 사람

평범한 사람

─ 루시드 폴, 〈평범한 사람〉

그리움은 뜨거운 것이라고 생각했는데 서늘했다. 미안함이었다. 그는 잘못이 없었다. 수업이 끝나는데도 손들어 질문하는 애처럼 성실하고 열심인 것뿐이다. 그걸 비뚤게 해석하고 판단한 내가 오히려 나빴다. 주는 것 없이 싫다는 이유로 누군가를 싫어해도 되는 권리는 누구에게도 없다. 악의는 없었을지언정 선의를 행하는 일에도 실패한 것이다.

사람의 일은 아무도 모른다. 하느님만 아시고 우리에게는 가르쳐주지 않는다. 그러니 나는 또 배운다. 오늘 하루 내가 사랑하는 사람을 최선을 다해 사랑하고, 내가 할 수 있는 한 선의를 다해서 타인을 바라봐야 할 것임을. 그건 결국 나중에 나에게로 돌아오는 것임을.

아버지와
나스타샤 킨스키

얼마 전 인터넷을 하다 재미있는 기사를 읽었다. 386세대의 중고등학생 시절엔 여배우 브룩 실즈, 소피 마르소, 피비 케이츠가 책받침 속 연인이었다는 내용이었다. 그때는 학교 앞에서 파는 책받침 크기만 한 스타들의 사진을 코팅해서 책가방에 넣어 다니거나 구멍을 뚫어 벽에 걸어놓는 게 유행이었다. 자신의 취향에 따라 청순하고, 섹시하고, 귀여운 여인을 지니고 다니며 첫사랑 비슷한 감정을 느끼기도 했다.

그 기사를 읽으며 나는 내 책받침 속 연인인 독일의 섹시한 여배우 나스타샤 킨스키와 작고 늙은 아버지를 함께 떠올렸다.

나에게 아버지는 항상 아버지였다. 아빠였던 적이 한 번도 없었다. 아버지도 아빠라고 부르라고 한 적은 없다. 막내였던 나를 자주 바깥에 데리고 나갔는데 그때마다 손자라고 장난을 쳤고 사람들은 곧잘 속아 넘어갔다. 어느 날은 나가기 전에 미리 당신을 할아버지라고 부르라고 시키며 입을 맞추기도 했다.

우리 형제는 3남 3녀였지만, 나와는 모두 나이 차가 많이 나서 함께 북적일 때는 별로 없었다. 내가 학교 다닐 때 누나들은 다 시집을 갔고 형들은 모두 군대에 가 있었다.

그때 내 방에는 나스타샤 킨스키가 붙어 있었다. 어느 날 학교를 지나가다가 버스 종점 담벼락에 있던 영화 〈테스〉의 포스터를 떼 온 것이다. 친구들은 귀엽고 청순한 여배우들 쪽에 몰려 있었는데 내겐 도톰하고 섹시한 입술에 어울리지 않는 슬픈 눈빛의 나스타샤 킨스키가 가장 아름다워 보였다.

집에 오면 책가방을 던져놓고 그녀의 옆모습부터 봤다. 하얀 면사포에 싸인 그녀의 얼굴은 빛으로 빚은 듯이 눈부셨고 흘러나온 머리카락 한 올까지도 완벽했다. 잠들기 전 몰래 그 입술에 뽀뽀를 하기도 했다.

어느 날 아침에 일어나 보니 투명테이프로 붙여놓은 포스터가 금방이라도 떨어질 것 같았다. 아슬아슬했지만 의자를 대고 올라가 하나하나 손보기에는 시간이 모자랐다. 학교 다녀와서 다시 붙여야겠다며 등교를 서둘렀다.

. . .

수업을 마치자마자 집으로 달렸다. 공부에 방해된다며 붙이기가 무섭게 부모님이 떼버린다는 친구들의 경험담까지 들었던 차라 더 속력을 냈다. 바닥에 떨어진 포스터를 아버지가 본다면 당장 구겨서 쓰레기통에 버릴 게 뻔했다.

숨을 헉헉거리며 방문을 열어보니 신기하게도 포스터는 그 자리에 그대로 있었다. 아니, 뭔가 더 튼튼해 보였다. 가까이서 보니 포스터의 네 귀퉁이뿐만 아니라 전체가 투명테이프로 빙 둘러져 벽에 바짝 붙어 있었다. 백년 후에도 떨어지지 않을 기세였다.

"엄마가 그랬나?"

"아니, 낮에 아버지가 니 방에 들어가던데."

'아버지가 그랬다고?' 공부는 안 하고 여배우에게 정신 놓고 있는 자식이 한심하기도 했을 텐데, 키 작은 아버지가 손수 의자를 밟고 올라가 윗부분까지 테이프를 꼼꼼히 둘렀을 생각을 하니 울컥했다.

그 옛날 아버지가 앉아 있던 의자에
이렇게 석고처럼 앉아 있으니
즐거웠던 지난날에 모든 추억이
내 가슴 깊이 밀려들어요

언제였나요 내가 아주 어렸을 적에
아버지는 여기 앉아서 사랑스런 손길로

나를 어루만지며 정답게 말하셨죠

그리울 때 이 의자에 앉아 있으면

그때 그 말씀이 들릴 듯해요

— 정수라, 〈아버지의 의자〉

그날부터 우리 집엔 아버지의 의자가 없다는 사실을 받아들이기 시작했다. 방바닥에 앉아 동네 사람들을 불러 밤새 화투를 치거나 매일 얼큰한 동태탕을 끓여 소주 한 병을 비우시는 아버지가 다른 아빠들처럼 의자에 앉아 신문을 읽는 모습을 상상하는 일도 점점 그만두었다. 아버지가 있는 그대로의 나를 받아들였듯이, 나 또한 지금의 아버지를 이해해야 한다고 생각했다.

세상의 모든 아버지들에게 다 같은 모양의 의자가 필요한 건 아니다. 가장의 품위가 느껴지는 묵직한 의자에 앉아 있는 아버지들도 있겠지만, 내 아버지처럼 소박한 모습으로 의자를 떠올리게 하는 아버지들도 있다.

내겐 아버지가 물려준 근사한 의자는 없지만, 딛고 올라서 아들이 좋아하는 여배우의 사진을 고스란히 지켜주게끔 해준 작고 단단한 의자의 추억이 있으니까, 그걸로 충분하다.

앉은뱅이꽃
당신

나는 꽃이 싫다. 누군가 선물로 꽃을 보낸다고 하면 정중히 거절하는 편이다. 꽃잎이 쭈글쭈글해지는 걸 보는 것도, 얼마 후 휴지통에 들어가게 되는 것도 싫다며 차라리 다른 것으로 달라고 뻔뻔해지기도 한다. 아무리 생각해도 꽃과 나는 어울리지 않는다. 꽃을 손에 든 나도 별로고, 꽃을 보며 웃는 나는 더욱 별로다.

마냥 아름다움을 즐기려 들다가도 그녀를 두고 혼자 호사를 누리는 것인 양 죄책감에 발목이 잡히고 만다.

그녀는 내가 아는 사람 중에서 가장 꽃을 좋아했다. 보통은 '그녀는 꽃처럼 아름다웠다'는 말이 따라올 테지만, 그녀는 사람들의 이목을 끌기보다는 사람들에게 눈길을 주는 쪽이었다. 예쁘진 않았지만 상관없었다. 내 마음에는 그녀가 항상 가장 먼저였다.

. . .

봄이 되면 그녀는 꽃놀이를 다녀왔다. 진해에서 열린 벚꽃 축제에서 찍은 사진을 며칠을 손에 쥐고 벚꽃이 너무 고왔다, 고 하며 행복을 되새기는 표정을 볼 때면 나도 따라 설레었다. 그 후로 그녀의 무릎을 베고 누워 자주 벚꽃을 상상했다. 그때마다 가슴속에서 벚꽃이 흩날렸다.

일 년에 한 번씩 그녀의 가슴에 꽃을 달아주었다. 보통은 그냥 카네이션이었지만, 어느 날은 안개꽃이 둘러싸고 있었다. 그녀는 올망졸망한 꽃망울을 손끝으로 쓰다듬으며 안개꽃이 더 예쁘다고 했다. 나도 따라 꽃망울 사이에 코끝을 대고 향기를 맡았다. 그녀의 냄새가 났다. 그때부터 나는 안개꽃을 좋아한다고 말하고 다녔다.

가끔은 그녀를 위해 꽃을 꺾어오기도 했다. 봄에는 개나리도 되었다가 유채꽃도 되었지만 대부분 코스모스였다. 뒷문을 열고 나가면 집 밖은 온통 코스모스 천지였다. 누가 심었는지 동네 어귀에서부터 바다까지 귀빈을 마중 나온 행렬처럼 양옆으로 줄지어 서 있었다. 해수욕을 마치고 집까지 맨발로 뛰어올 때마다 꽃을 손에 쥐었다.

그녀가 밥을 준비하는 동안 그녀를 위해 콜라병에 코스모스를 담았다. 하얀색, 분홍색, 빨간색도 있었지만 그녀는 보라색을 가장 예뻐했다. 나들이 갈 때만 장롱 속에서 꺼내던, 인조구슬이 촘촘히 박힌 그녀의 지갑과 벨벳 한복도 다 보라색이었다. 그때부터 보라색은 내겐 가장 아름다운 색이 되었다.

그녀가 심어놓은 보라색 나팔꽃들이 우리 집 담벼락을 감고 있었지만 그녀는 자주 옆집에 눈길을 주었다. 쓸쓸한 눈빛이었다.

슬레이트 지붕으로 된 다른 집들과 달리 그 여자가 살고 있는 옆집은 깨끗한 2층 양옥이었다. 방으로 들어가려면 유리문을 열고 신발을 벗어야 했고, 입구부터 거실까지 원목으로 된 긴 복도가 나 있었다. 양말을 신은 발끝에 닿는 미끈한 감촉이 좋아서 몇 번이나 되돌아 다시 걸었다.

그녀가 바라본 건 그 여자의 전용 공간이었다. 대문을 열면 바로 오른쪽에 유리로 된 온실이 있었는데, 그 여자는 그곳에서 요리하듯 갖가지 화분에 담긴 알록달록한 꽃들을 피워냈다. 온실 속의 그 여자를 무척이나 부러워하는 그녀를 보면서 나는 가끔씩 그 여자가 있던 자리에 그녀를 대신 데려다 놓았다. 사시사철 꽃과 함께 보내는 그녀의 모습을 상상하면서 빨리 어른이 돼서 그녀에게 최대한의 꽃을 주고 싶었다.

그때부터 나는 꽃을 꿈꾸었다. 머리에 예쁜 꽃무늬 스카프를 두르고 정원용 가위를 들고 꽃 속에 둘러싸인 그녀를 꿈꾸면 기분이 좋아졌다. 꽃으로 된 옷을 입고, 꽃으로 된 지갑을 들고, 꽃으로 된 이불을 덮고 잘 수 있게 해주고 싶었다. 아무도 그녀를 무시하지 못하게 어마어마한 꽃을 안겨주고 싶었다.

．．．

그녀는 결국 그런 엄청난 꽃을 받아보지 못했다. 꽃이 들어찰 만한 온실도 가지지 못했고, 비싼 화병에 비싼 꽃을 꽂는 사치도 누려보지 못했고, 바깥으로 꽃구경을 하러 나갈 힘마저 없어졌다. 관절염으로 꽃줄기처럼 야윈 다리를 바닥에 붙이고 한 발짝도 움직이지 못하는 앉은뱅이 꽃이 되어갔다. 도움을 받아 겨우 나들이를 나가면, 풀밭에 앉아 꼭 꽃부터 찾아 저기 꽃이 피었네, 하며 꽃처럼 웃었지만 그녀는 꽃보다 먼저 졌다.

나는 그녀에게 한 약속을 아무것도 지키지 않았다. 그녀의 손에서 한 순간도 꽃향기가 떠나지 않게 해주겠다고 다짐했지만 그녀는 앉은뱅이 꽃처럼 바닥에 앉아 마지막까지 파뿌리를 다듬고 마늘을 찧으며 매운 냄새만 묻히다 갔다.

이제 고작 일 년에 두어 번 그녀의 무덤에 꽃을 바친다. 무덤가에 핀 잡초를 뽑다가 꽃 비슷한 풀만 보아도 그녀가 좋아할 테니 건드리지 않고 그냥 둘 뿐이다.

허망한 약속을 믿고 근사한 상상에 가슴 뛰었을 그녀를 생각하면 나도 잡초보다 못한 아들이 틀림없다. 내가 할 수 있는 게 겨우 꽃노래를 들으며 그녀를 추억하는 일이라니, 두고두고 꽃을 볼 때마다 어둡게 드리운 꽃 그림자에 고개를 떨궈야 할 것이다.

엄마 일 가는 길에 하얀 찔레꽃

＊ ＊ ＊

찔레꽃 하얀 잎은 맛도 좋지
배고픈 날 하나씩 따먹었다오
엄마 엄마 부르며 따먹었다오

밤 깊어 까만데 엄마 혼자서
하얀 발목 아프게 내려오시네
밤마다 꾸는 꿈은 하얀 엄마꿈
산등성이 너머로 내려오시네

가을밤 외로운 밤 벌레 우는 밤
초가집 뒷산길 어두워질 때
엄마품이 그리워 눈물 나오면
마루 끝에 나와 앉아 별만 셉니다
— 이은미, 〈찔레꽃〉

그녀의
비누 냄새뿐

대학 시절 휴학계를 내고 가리봉동에 있는 친구 집에서 잠깐 지낸 적이 있다. 머리를 숙이고 열 걸음은 걸어야 입구가 보이는 어두운 지하방이었다. 하지만 방문을 열면 항상 헤이즐넛 냄새가 났다. 친구가 어디선가 구해 온 커피메이커에서 흐르던 헤이즐넛의 달달한 냄새가 궁핍한 생활의 군내를 담요처럼 덮어주고 있었다.

그곳을 자주 드나들던 사람 중에 친구가 아는 동생이 있었다. 친해지고 싶은 마음은 안 드는 여자였다. 모든 취향이 노골적이었다. 귀걸이와 핸드백, 손톱과 립스틱, 드러난 곳은 전부 번쩍거렸다. 일은 하지 않으면서 돈은 많았으면 좋겠다고 노래를 불렀고, 드라마를 보면 수도꼭지처럼 울었지만 금방 들통 날 거짓말을 밥 먹듯이 했다.

실제로 밥도 잘했다. 요리솜씨도 좋아서 계란찜이며 된장찌개, 동그

랑땡도 뚝딱 만들어냈다. 그날도 그녀가 놀러 와서 밥을 먹고 TV를 보고 커피를 마셨다. 역시 헤이즐넛이었다. 헤이즐넛 향은 질리지도 않는다고 친구가 입을 뗀 것을 시작으로 이야기는 '좋아하는 향기'로 모였다.

나는 한약 냄새가 가장 좋다고 했다. 움푹 볼이 패여서 가난한 티가 줄줄 나던 시절 한약을 잘못 먹어서 심각하게 한번 뚱뚱해지는 게 소원이었다며, 지금도 가방에서 한약 비닐팩을 꺼내는 애들이 가장 샘난다고 했다.

계피와 감초가 뒤섞인 쓰고 달달한 한약 냄새를 맡으면 내가 아주 귀한 존재가 되어 보살핌을 받는 것 같고, 저기서 꽃사슴이 녹용을 세우고 달려오고 인삼꽃이 흐드러진 벌판을 두 팔 벌려 달리는 기분이랄까.

내 말에 웃던 그녀는 자신의 차례라며 입술을 오물거렸다. 당연히 비싼 향수 브랜드를 말하겠지 했던 짐작은 빗나갔다. 그녀는 알뜨랑 비누 냄새가 좋다고 했다. 옛날에 자기 하나밖에 모르는 잘생기고 우직한 남자가 있었다는 회상으로 이야기는 시작됐다.

그 사람에게선 늘 알뜨랑 냄새가 났어. 머리부터 발끝까지 모든 게 알뜨랑이었어. 샴푸가 뭔지, 린스가 뭔지도 모르는 순박한 남자였지. 그래서 더 그 사람이 좋았어. 겨울에는 꼭 내 손을 깍지 끼고 외투에

눈에 보이는 것들이 아스라이 사라져도,

보이지 않는 향기만이 남아서 추억을 마지막까지 챙긴다

넣고 다녔는데 그러면 집에 돌아와서도 내 손에 그 냄새가 배어 있었어. 죽을 때까지 같이 있고 싶었는데 그게 또 내 마음대로 안 되더라.

헤어지고 나서 이상하게 그 사람의 어떤 것보다 그 냄새가 자꾸 생각나는 거야. 그래서 슈퍼에서 알뜨랑 몇 개를 사서 온몸에서 향이 나게 얼굴도 씻고, 머리도 감고, 몸도 씻었어. 그 사람이 생각날 때마다 얼마나 씻었는지 몰라. 씻고 또 씻고 손이 다 까져서 허연 껍질이 일어났는데도 그걸 멈출 수가 없는 거야. 책상 위에도 그 비누를 놓고, 옷 속에도 나프탈렌 대신에 넣어놨지. 온통 그 사람 냄새가 날 수 있게. 그땐 미쳤지. 참 미쳤었지.

늦은 밤 그녀가 제 집으로 돌아가고 나서도 나는 한참 그녀를 생각했다. 우직한 그 남자가 비누도 하나만 쓰듯, 사랑도 제 하나였기를 그때의 그녀는 얼마나 갈망했을까. 한 줄 젖은 바람이 그 남자의 비누 냄새를 따라 사무치던 그 골목길로 다시 데려다 놓기를 잠들기 전 밤마다 꿈꾸었겠지.

한줄 젖은 바람은 이젠 희미해진 옛 추억
어느 거리로 날 데리고 가네
향기로운 우리 얘기로 흠뻑 젖은 세상
시간이 천천히 흐르고 있던
한줌 아름다운 연기 잡아보려 했던

우리의 그리운 시절 가끔 돌이켜보지만

입가에 쓴 웃음 남기고 가네

생각해 봐요 눈이 많던 어느 겨울

그대 웃음처럼 온 세상 하얗던

귀 기울여봐요 지난 여름 파도 소리

그대 얘기처럼 가만히 속삭이던

이제 다시 갈 수 있나 향기롭던

우리의 지난 추억 그곳으로

— 박학기, 〈향기로운 추억〉

    휴학이 끝나고 나는 다시 부산에 있는 대학으로 돌아갔고, 그녀와도 자연스럽게 연락이 끊겼다. 그녀의 새로운 소식은 몇 년 동안 친구들의 입에서 줄곧 떠돌아다녔다. 연예계 데뷔 준비를 하다가 연습을 게을리해서 쫓겨났다는 소문과 남의 지갑에 손대는 걸 누가 봐서 직장에서도 잘렸다는 얘기, 주위 사람들 돈을 떼먹고 일본으로 도망갔다는 소식도 있었다. 그중에 뭐가 진짜인지는 모르지만 그녀는 그렇게 사람들의 눈에서 완전히 멀어졌고 그녀의 후일담을 궁금해 하던 사람들도 하나둘씩 흥미를 잃어갔다.

    설령 그녀의 모든 것이 거짓말이라 할지라도 나는 그날의 알뜨랑

．．．

얘기는 진짜라고 믿고 싶다. 두 손을 코끝에 갖다 대고 그 시절로 돌아간 듯 웃던 그녀의 눈에 맺힌 눈물은, 그녀가 가진 마지막 순수의 흔적이었으리라.

향기는 마지막까지 남는다. 안에 담겨 있던 것들을 다 덜어내고 눈에 보이는 것들이 아스라이 사라져도, 보이지 않는 향기만이 남아서 추억을 마지막까지 챙긴다. 그 향기마저 사라질 때, 진정 모든 것이 없어지는 것이다.

그것만은
기억하지 말아요

요즘은 심심하면 걸어서 집에서 10분 거리에 있는 목욕탕에 간다. 워낙 내가 깨끗한 타입이어서, 라고 하면 거짓말이고 같은 건물의 헬스클럽에 등록하면 목욕탕을 공짜로 이용할 수 있기 때문이다. 본전 생각에 없던 부지런함이 생긴 것이다.

카운터에는 20대 중반쯤으로 보이는 그녀가 서 있다. 유난히 까만 머리를 뒤로 묶고 까만 뿔테 안경을 쓴 그녀는 옛날 단편소설에 나오는 여자 기숙사 사감 포스를 풍긴다. 표정도 무표정한 편이고 눈은 언제나 반쯤 풀려 있다. 결코 예쁘다고 할 수는 없다. 그런데 문제는 그녀의 목소리다.

"사우나만 하실 거예요?"

한증막처럼 노곤한 억양과 허스키한 음성이다. 노래하는 모습을 보여 달라고 무작정 조르고 싶을 정도로 멋지다. 노래를 불러본 적이 없 냐고 물어보고 싶었지만 이번에도 그냥 탈의실 키만 받았다.

탕 안에서 가장 좋아하는 건 단연 녹차 탕이다. 깨끗한 피부 유지 와 노화방지 특효라고 적힌 팻말의 문구를 백퍼센트 믿지 않지만 이 상하게 끌린다. 귀도 얇지만 눈도 얇은 게 병이다.

운이 좋으면 녹차가 들어있는 헝겊을 막 새로 교체하는 시간에 맞 추게 되는데 그럴 땐 평소의 두 배 정도 오래 몸을 담근다. 아~ 좋다, 는 말이 수증기처럼 절로 입에서 나온다. 30대 중반일 때만 해도 발끝 만 적시며 살랑살랑 간을 보곤 했는데 이제는 겁도 없이 몸통을 투척 하다니, 확실히 중년이 되었구나 싶어 서글픔이 밀려왔다.

푹 고개를 숙이고 샤워 꼭지 아래 섰는데 옆에서 누군가 나를 보 고 반가운 표정으로 손을 내민다. 〈EBS 세계테마기행〉에 나간 후로는 가끔씩 어른들이 알은체를 해주어서 일단 악수부터 했는데 아, 잠깐. 얼굴이…… 출판사 사장……님이다. 사무실이나 일식집에서 격식을 차리며 봐온 관계였는데 일순간 야생 상태로 대면하게 되다니 적잖 이 당황스러웠다.

이런 적은 두 번째다. 초등학교 4학년 때까지 엄마를 따라 종종 여 탕에 갔다. 몸집이 작아서 아무런 제지도 안 받고 드나들었는데 그 시절엔 가끔 그런 일이 있었다. 내가 그 시절의 희생양이었다.

하루는 거기서 같은 반 여자애를 만났다. 그 애는 항상 머리를 양 갈래로 땋았는데 그날도 그러고 있었다. 왜 목욕탕에서도 머리를 풀지 않고 저러고 있을까 이상한 아이네. 내가 더 이상한 아이인 줄은 모르고 그것만 궁금했다. 맹세코 다른 건 기억하지 못한다. 그 애도 그러기를 바랐다. 다만 그 후부터는 절대 엄마와 여탕에 가지 않았다.

샤워기 아래서 사장님과 무슨 말을 나눴는지 자세히는 기억나지 않는다. 몸을 비스듬히 튼 채 모델 포즈로 서서 평소보다 비누거품을 더 세게 문질렀던 것 같다. 요즘 무슨 작업을 하는지 물었고 출판사에 자주 놀러 오라는 이야기를 했던 것 같다. 언제 다시 뵙자는 말로 얼른 마무리하며 밖으로 나와 옷을 입었다. 보통은 두 번 정도 탕 안에 들어가는데 한 번으로 끝내려니 그게 좀 아쉬웠다.

차가운 바람 속을 달려서 편의점에 들렀다. 바나나 우유를 사서 빨대로 빨아먹는데 웃음이 났다. 사장님께 알몸을 보였다는 부끄러움 대신 재미있는 상상이 비집고 들어왔다.

다음에 다시 만난다면 그때는 몇 마디 더 건네고, 이번에 나오는 제 책 홍보 좀 많이 해주세요, 라며 안 하던 부탁도 해야지. 그러기를 여러 번 하다 바나나 우유도 함께 나눠 마시는 사이가 되고, 최초로 알몸 로비에 성공한 작가로 업계 사람들 입에 오르내리겠지. 에이, 나

처럼 낯가리고 붙임성 없는 사람에겐 어림없는 일이겠지만 어쨌든 그
날의 일로 더 가까워진 기분이 피부로 느껴졌다.

사장님도 내일 아침 출판사에 가면 나를 만났다고 직원들에게 얘
기하겠지. 운동 좀 했나 보던데 몸 좋던데, 라고 칭찬해 줄지도 모르
지. 다만 한 가지, 나에 대해 다른 건 다 기억해도 그것 하나만은 잊어
줬으면 좋겠다.

빨개진 걸음으로 총총히 집으로 오는 내내 귓속에선 이 노래가 맴
돌았다.

바나나 나나나나 바나나 나나나나
바나나 껍질을 다섯 개로 벗기면 사람이고
한 개로 벗기면 원숭인 걸, 원숭이라도 좋아
귀엽기만 하면 귀여운 바나나나

우유가 가득한 한 컵 랄라랄 라랄라라
달디단 바나나 쉐이크
하나도 안 남길 바나나 쉐이크

휘저어 휘저어 휘저어 휘저어 마음을 담아서
휘저어 휘저어 휘저어 휘저어 힘차고 조심히

. . .

휘저어 휘저어 바나나 쉐이크

—— 허밍 어반 스테레오, 〈Banana Shake〉

슬픈
게임

어릴 때 나는 성선설을 믿었다. 인간은 본래 착하게 태어났기에 불쌍한 사람을 보면 동정하고 눈물을 흘린다고 생각했다. 어른이 되어선 같은 이유로 성악설 편에 섰다. 그 눈물도 따지고 보면 타인의 나쁜 상황에 빗대 '나는 그래도 저 정도는 아니니 괜찮다'는 위안의 산물이라는 걸 눈치챘기 때문이다. 또 그렇게 해석하고 나니 너무 삭막해져서 이제는 '그냥 막 태어난 거'라는 쪽에 성의 없이 걸쳐놓았다.

지금껏 한 번도 흔들린 적 없는 건 사람은 본디 슬프게 태어난 존재라는 생각이다. 마음대로 이름 붙여 성비설이다. 나는 슬픔이 불쑥 드러나거나 생겨나는 게 아니라 행위나 주변의 사건과는 상관없이 자연적인 것이라고 여겨왔다. 산들바람이든 폭풍이든 어떻게든 바람이 늘 불듯이, 초승달이든 보름달이든 언제든 달이 뜨듯이, 슬픔은 먼저 태어나서 오히려 인간을 품고 있는 자연처럼 더 큰 존재일 거라고.

슬픔의 형태도 생각해 두었다. 눈으로 볼 수 있다면 고체도 아니고 액체도 아닌 반액체 상태일 것이다. 모양 그대로 용기에서 쏙 빠져나온 투명한 젤리처럼. 그래서 흩어지거나 부어지거나 완전히 없어지지 않고 뭔가와 부딪히면 흔들흔들할 뿐이다.

슬픔은 심지어 약처럼 복용할 수도 있다. 나 같은 인간은 신나고 명랑하고 들뜬 기분만 계속되면 이상하게 불안해져서 슬픔이 슬그머니 그리워지기도 한다. 그래서 일부러 눈물이 뚝뚝 떨어지는 영화를 찾아보거나, 커튼을 다 내리고 우울한 노래를 듣거나, 비 오는 날 하얗게 석고처럼 누워서 온종일 슬픔을 충전한다. 그러면서 마음 한편으로 기뻐하고 안심하며 비로소 살아 있음을 느낀다.

이런 고약한 악취미에 누가 시비를 건다면 슬프지 않은 인간은 기쁨에 취해 자만하고 오만을 부리지만 때때로 슬픈 인간은 소금을 머금은 배추처럼 알맞게 양념된 인간으로 살아갈 수 있다는 변명까지 대비해 놓았다.

나 같은 인간이 주변에 한 명 더 있어서 우린 보자마자 같은 과라는 걸 느끼고 금방 친구가 되었다. 그도 글쟁이인데 그가 쓴 책들을 비틀어 짜면 분명 소금 한 바가지는 나올 거라고 확신한다.

얼마 전에는 그 친구가 일어나자마자 슬프다는 문자를 보내왔다.

나 같은 인간은

신나고 명랑하고 들뜬 기분만 계속되면

이상하게 불안해져서

슬픔이 슬그머니 그리워지기도 한다

나도 질 수 없어 그렇다고 응답했다. 우린 얼마나 슬픈지 얘기하기 시작했다. 친구는 몇 년째 연애 한번 못 해보고 지낸다고 한탄했다. 그건 만나고자 적극적으로 움직이지 않은 니 잘못이므로 투덜거리지 말라고 잘랐다. 나는 어떤 블로거가 내 책을 읽고 최악의 서평을 달아서 기가 죽었다는 얘기를 꺼냈다. 어떻게 좋은 말만 있겠느냐며 친구는 심지어 자신은 얼굴이 못생겼다는 글이 방송국 게시판에 올라온 적도 있다고 강수를 두었다. 분위기 있게 생겼는데 왜 그러냐고 했지만 그런 내 말이 더 짜증난다고 했다. 그럴 것 같았다. 위기감이 왔다. 아무래도 내가 진 것 같았다. 내 글을 싫어하는 누군가가 있다면 더 열심히 잘 써야지 힘을 내볼 수 있겠지만 내 얼굴이 별로라는 사람에게는 성형수술 말고는 방법이 없을 테고 힘을 내보려면 낼수록 힘이 꺾일 것 같았다. 친구의 슬픔을 인정하고 잠잠해지자 휴대폰 너머 뿌듯해하는 친구의 표정이 말풍선처럼 떠올랐다.

이상했다. 얼굴은 마주하지 않았지만 긴장감과 경쟁심이 다 읽혔다. 우리는 둘 다 각자 침대에 누워 천장을 향해 발을 올리고 누가 더 무기력하고 슬픈지를 겨루는 게임을 하고 있는 것이었다.

우리 선처럼 가만히 누워
닿지 않는 천장에 손을 뻗어보았지
별을, 진짜 별을 손으로 딸 수 있으면 좋을 텐데
그럼 너의 앞에 한 쪽만 무릎 꿇고

...

저 멀고 먼 하늘의 끝 빛나는 작은 별
너에게 줄게
다녀올게
말할 수 있을 텐데

우리는 선처럼 가만히 누워
볼 수 없는 것들을 보려 눈을 감아보았지
어딘가 정말로 영원이라는 정류장이 있으면 좋을 텐데
그럼 뭔가 잔뜩 들어 있는 배낭과
시들지 않는 장미꽃 한 송이를 들고
우리 영원까지 함께 가자고 말할 수 있을 텐데
우리는 선처럼 가만히 누워
우리는 선처럼 가만히 누워
— 요조, 〈우리는 선처럼 가만히 누워〉

배틀에 이름을 붙인다면 '우리는 선처럼 가만히 누워'쯤 될 것이다.

수세에 몰리자 평소 생각해 두었던 마지막 신공을 선보였다. 무턱대고 슬프다고 했다. 기쁜 날은 없었는데 무턱대고 슬픈 날이 있다고 했다. 오늘이 마침 그런 날이라고 했다. 그냥 아득하게 슬프다고.

친구는 생리도 아니고 무슨 그런 게 있느냐고 했지만 은근 인정하는 눈치였고, 나는 다 진 슬픔의 게임에서 겨우 살아 올라온 것 같은

...

안도감이 들었다.

대나무 숲을 날아다니거나 장풍을 쏘는 무협 속 무림들 대결도 아니고, 한낮에 잠이 깨서 누가 더 슬픈지 호소하는 잉여인간 같은 게임이라니. 유치하고 한심했지만 우리는 서로의 슬픔을 인증하면서 사실은 너무나 생생하게 살아 있음을 역으로 확인받고 싶었던 것이다.

아마도 우리는 늙어 죽을 때까지 이 짓을 계속할 것이다. 선처럼 가만히 누워 한 번도 교차하지 못한 채 평행선으로 끝날지도 모르지만 나란히 같이 달리고 있는 것만으로도 위안을 느낄 것이고, 그것으로 세상을 살아가는 최소한의 선의는 될 것이기에, 그러고 보면 슬픈 게임을 꼭 슬프다고만은 할 수 없을 것 같다.

천만 원어치의
행복

요즘 내가 산 것 중에서 가장 만족스러운 것은 묵주다. 6천 원이면 너무 싼 게 아닌가 싶을 정도로 예뻐 죽겠다. 단지 묵주 하나를 찼을 뿐인데 더 숭고한 인간이 된 것 같은 착각도 들고, 아무 장식 없는 반질반질한 재질에 까만색이라 팔찌라 해도 될 만큼 액세서리로써의 효과도 뛰어나다. 지갑에 넣어둔 애인 사진을 들여다보듯 문득문득 팔목을 내려다보고 손으로 한 바퀴 도르르 돌려보기도 한다.

내가 아는 사람은 천만 원짜리 백을 산 적이 있다. 돈이 있어도 금방 살 수 없어 예약하고 기다려야 차례가 오는 명품백이었다. 어떻게 생겼는지 한번 보여달라 했더니 흠집이 날까 갖고 다니지도 못하고 집에 모셔둔다고 했다. 미쳤다는 말에 너무 갖고 싶었던 거라는 절실한 대답이 돌아와 더 이상은 나무라지 않았다.

．．．

몇 달 후 다시 만났을 때 이젠 그 가방 드느냐고 물었더니, 씩 웃는다. 쑥스러움이 섞여 있었다. 그 가방을 보면서 딱 한 달 정도는 행복했는데 풍선에서 바람 빠지듯 금방 다시 허무하고 외로워져서 다른 사람에게 팔았다고 했다. 그러고 보니 몇 달 전보다 얼굴이 편안해 보였다.

내가 아는 또 다른 사람은 억 단위가 넘는 연봉을 받았다. 자주 한국을 비우고 비즈니스 석에 몸을 싣고 출장을 다녔다. 가끔이지만 만날 때마다 그에게선 점점 속도를 내고 있는 성공의 냄새가 풍겼다.

쾌활한 사람이었다. 솔직히 조금 부러웠다. 그가 기록한 마일리지만 모아도 일 년에 두 번은 거뜬히 해외여행을 갈 수 있겠다 싶었고, 최고급 원단으로 만든 카멜색 코트는 확실히 사람을 '있어 보이게' 한다고 자연스럽게 설득당하고 있었다. 목이 길쭉한 잔에 그가 즐겨 마신다는 십만 원이 넘는 모에 샹동을 받아 마시며, '여유의 맛'이란 이렇게 달콤하고 시원한 것이리라 짐작했다. 그 후로 그가 생각날 때마다 나는 그의 이름 대신 '모에 샹동'이라는 샴페인 이름을 떠올렸다.

연말이라 친구에게 그 사람 소식을 물었더니, 언젠가 통화 중에 지금 죽어도 괜찮다, 는 말을 했다고 한다. 당장 지구가 멸망해도 여한이 없을 만큼 잘 사는구나 싶었는데 친구의 다음 설명은 달랐다. 지금 죽고 싶을 만큼 행복하지 않다는 얘기라고 했다. 돈이 다는 아니겠

. . .

지, 라며 쓸쓸하게 자신의 생각을 얹었다.

그런 심정으로 살고 있었다니, 멍해졌다. 자신감에서 오는 쾌활함이라고 생각했는데, 그는 쾌활함으로 불행을 분장하고 있었던 것이다. 돈이 행복에 도움이 될 수는 있지만, 결코 돈으로 행복을 살 순 없었다.

어느 날 너는 내게 말했어
행복이란 뭘까
음, 행복이란 뭘까

모두들 나에게 말했어
이 다음에 돈 벌면
이 다음에 성공하면
그땐 행복할 거라고

그럼
지금 우리에겐 행복이란 없는 걸까

그래 그건 참 바보 같아
우린 지금이 행복한 순간인 걸
그래 그건 참 어리석지

...

이 모든 게 이렇게 즐거운 걸
—옥상달빛, 〈가장 쉬운 이야기〉

어리석게 나는 그때 십만 원짜리 모에 샹동을 마시면 좀 더 행복해질 거라고 부러워했다. 내가 언젠가 천만 원짜리 백을 살 수 있는 경제력이 생긴다면 더 행복해질 거라고 믿었다.

행복은 결코 '그때'에 있지 않다. 그리고 '언젠가'에도 없을 것이다. 지금 내가 앉아 있는 이 자리, 지금 나와 같이 있는 이 사람들, 지금 내가 갖고 있는 이것들에만 있는 것이다.

천만 원짜리 물건을 산다고 해서 천만 원어치의 행복을 가질 수는 없다. 천만 원짜리 의자에 앉는다고 해서 천만 원짜리 인생이 될 수 없고, 천만 원짜리 슈트를 입는다고 해서 남루한 슬픔을 가릴 수는 없을 것이다.

6천 원을 주고 산 묵주가 외려 6천만 원어치의 평화가 될 수도 있다. 이 기쁨이 오래오래 원금을 불리고 이자를 쳐서 6천만 원어치의 깨달음이 될 수 있도록 나는 나에게 머문 지금에 깊이 감사해야 할 것이다.

훔친 귤은
맛있다

오랜만에 학교에서 후식으로 나온 귤

아니 벌써 귤이 나오다니

얼굴을 스치는 바람이 좀 차졌다 생각은 했지만

벌써 이렇게 시간이 지났을 줄이야

지난겨울 코트주머니에 넣어두고 먹다가

손에 냄새 배긴 귤

그 귤 향기를 오랜만에 다시 맡았더니

작년 이맘때 생각이 나네

찬바람에 실려 떠나갔던 내 기억

일 년이 지나 이제야 생각나네

지나면 아무것도 아닌 일들로

. . .

나는 얼마나 고민했었나

— 재주소년, 〈귤〉

참 잘 부른다. 수줍고 맑은 목소리에 손가락으로 책상을 톡톡 두드
릴 만큼의 귀여운 리듬감, 꼬마아이의 목소리까지 슬쩍 곁들여져 마
침 상큼하다.

가죽바지에 긴 머리의 로커가 불렀더라도 어색했을 테고, 고불고불
웨이브 파마의 허스키한 여가수가 부른대도 말렸을 것이다. 노래를
부른 재주소년이 내심 '제주소년'이길 바라며 다시 들여다볼 정도로
이 노래엔 딱이다.

겨울엔 뭐니뭐니 해도 귤이다. 귤을 열 상자는 먹어야지 겨울을 보
냈다 할 만큼 나는 귤을 좋아한다. 두 손 가득 집어 침대에 기대 TV
보며 먹기엔 귤만 한 과일이 없다. 당장 치우지 않고 며칠 놔둬도 향
기를 풍기며 바싹 말라간다. 껍질로 손등을 문지르면 반질반질해지
고, 생강과 함께 끓여 꿀을 넣어 마시면 감기에도 좋은 귤 차가 만들
어지니 어찌 좋아하지 않을 수 있을까. 무엇보다 싸서 기특하다.

그날도 집 앞에 있는 슈퍼를 지나치지 못하고 귤을 사러 들어갔다.
15개에 3천 원짜리와 20개 3천 원짜리 중에서 대부분은 좀 더 알맹이
가 큰 15개짜리를 고른다. 너무 쉽게 쏙 들어오기보단 조금 버거울 정

도를 입에 넣고 우물거리는 걸 즐기는 편이다. 담아달라고 점원을 부르다가 바빠 보여서 그냥 달려 있는 까만 비닐봉지를 뜯어 직접 하나하나 담았다.

알맹이와 껍질 사이가 뜨지 않고 주름지지 않은 탱탱한 것들로만 골라 마지막 15개째를 손에 잡는 순간, 그만 덜컥 흔들리고 말았다.

보는 사람도 없는데 한 개를 더 넣을까? 설마 봉지를 열어서 하나하나 세어보진 않겠지? 이럴 때마다 유혹에 빠지곤 했는데, 오늘 처음으로 한 번 빠져봐? 에라, 모르겠다. 얼른 16개를 넣었다.

계산대 앞, 드디어 내 차례가 됐는데 콩닥콩닥 가슴이 뛰었다. 시선을 어디다 둬야 할지 눈동자도 바빠지기 시작했다.

"아니, 어린애도 아닌 분이 귤 하나에 목숨 거셨어요? 이것도 엄연히 도둑질입니다"라고 한다면 "그럼, 지금까지 사 간 귤 중에서 몇 개는 상해서 먹지도 못했는데, 그건 뭡니까? 싱싱하다고 해놓고 사기 친 겁니까!" 혼자서 들켰을 경우를 대비해 대사까지 맞춰놓았다. 쫄지 말고 당당해야 한다. 처음부터 세게 나가면 찔린 것처럼 보이니까 최대한 차분하게. 눈을 맞추면서 상대의 표정을 살피다가 정 물러설 기미가 안 보이면 그때서야 목소리를 높여본다.

이곳에서 얼마나 많은 귤을 사갔으며, 상해서 버린 귤에 대해서는 한 번도 클레임을 걸지 않았다는 걸 강조할 것. 흥분하지 말고 조목조목.

...

휴, 선별부터 계산까지 채 1분도 안 되는 시간이 이렇게 길다니. 그렇게 내 생애 최초의 도둑질은 성공으로 끝났지만, 집에 돌아와서도 영 찝찝했다.

차라리 남자답게 "아줌마, 하나 더 넣었어요. 하하하. 하하하" 하면서 수염을 잔뜩 기르고 와 너털웃음이라도 지으며 소탈한 척하는 게 낫지, 소개팅 자리에 나온 것도 아닌데 가슴 졸이며 상대 눈치를 보는 건 정말 못할 짓이다.

참외나 수박, 멜론이라면 감히 하나 더 담는 건 꿈도 못 꿀 텐데, 그래도 우물우물 훔쳐온 귤은 눈치 없이 참 맛있었다.

그러고 보면 인생은 예고편으로 이루어진 것 같다

크리스마스나 소풍이나 여행처럼 각자 다른 이름을 달고 있지만

따지고 보면 모두 예고편에 불과한 한결같은 인생이었다

4장

더 행복해지기 위해서
잠시 숨을 고르고 있는 동안

손의
마법

다시 만난 그는 반쪽이 되어 나타났다.

살도 급격하게 빠졌지만 무엇보다 영혼의 반이 어디론가 증발한 것처럼 보였다. 웃음이 넘치던 입술은 말랐고, 호기심으로 바쁘던 눈동자는 멈추어 있었다. 겨우내 물이 빠져 바삭해진 수영장을 연상케 했다.

그동안 그에겐 무슨 일이 일어난 걸까.

그는 1년 반 전에 한국을 떠났다. 하루에 12시간씩 식당일을 하며 번 돈을 모아 언젠가 자신의 가게를 열고 싶었지만 그 '언젠가'는 셈을 하기엔 너무 멀리 있었다.

그때 마침 일본에 살던 친구에게서 연락이 왔다. 그래도 도쿄는 서울보다 사정이 나으니 같이 지내자며 일자리를 알아놓겠다고 했다.

아버지가 돌아가신 후 남처럼 돼버린 배다른 형과 어머니와도 연락을 끊고 산 지 오래됐고, 믿는 '빽'이 따로 없던 그에게 선택은 이미 정해져 있었다. 나 또한 거기서 우연하게 살아보는 것도 예기치 않은 기회가 될 거라고 했다.

거기까지는 내가 아는 이야기였다. 하지만 그는 그 다음 얘기를 풀어놓지 못했다. 더 물어서도 안 될 것 같았다. 병력을 입에 올리기 싫어하는 환자처럼 표정이 불편했다.

다만 한국에서 살 집을 알아보는 동안만 우리 집에서 지내면 안 되겠느냐고 부탁해 왔다. 좁은 원룸에서 종일 부딪힐 장면을 상상해 봤는데, 그라면 괜찮았다.

우리 집에 온 첫날 그는 내내 잠을 이루지 못했다.

눈을 감을라치면 "형, 자?"라고 계속 묻는 바람에 나도 따라 뒤척였다. 예전에 몇 번 집에서 자고 갔을 땐 눈 붙이고 1초도 안 돼 잠들어서 '뇌가 단순한 놈'이라 놀려먹곤 했던 그가 그렇게 바뀐 건 보통일이 아니었다.

다음 날, 잠깐 집에 혼자 두고 일을 보러 간 사이 그에게 전화가 왔다. 목소리가 파르르 떨렸다. 심장이 심하게 뛰어서 어쩔 줄 모르겠고, 새가 탈출하려고 몸부림치는 것처럼 펄떡거린다고 했다. 피부를 뚫고 밖으로 나올 것 같아서 무섭다고 했다.

응급실에 데리고 가 몇 가지 검사를 받게 했지만, 눈에 띄는 신체

누군가의 손을 잡는다는 게

이렇게 큰 힘을 발휘한다는 걸

나도 언제가 누군가에게

전해 줄 수도 있겠구나……

・・・

적 이상은 없었다. 심리적인 원인 같다며 같은 병원의 정신과 상담을 추천해 주었다. 상담은 진척이 없었고, 증세는 더 심해져 갔다. 가만히 누워 있는 것조차 힘들어서 계속 방 안을 서서 왔다 갔다 했다. 작은 소음에도 민감해져 TV는 켤 수 없었고, 도움이 될까 틀어본 잔잔한 음악에도 금방 고개를 내저었다. 어떤 외부의 자극이든 다 게워내는 마음의 섭식장애가 빠르게 진행되는 듯 보였다. 그는 모든 걸 거부하고 있었다.

병원에서 타온 약을 먹이는 것 외에는 달리 할 일이 없었다. 비를 맞고 온 애처럼 바들바들 떠는 그를 침대에 누이고 약을 먹이려고 일어섰다가 멈칫했다. 위에서 내려다본 그의 모습은 엄마 품으로 다시 들어가려고 최대한 몸을 작게 웅크린 태아 같았다.

그 순간 오들오들한 그의 손을 잡아주었다. 그는 멈칫 올려다보더니 내 손을 있는 힘껏 꽉 쥐었다. 절대 놓지 말아달라는 애원이자, 여기서 꼭 나를 구해달라는 외침 같았다.

타지에서 어떤 거대한 배신과 슬픔이 그를 집어삼켰을까. 그 속에서 허우적거리다가 그는 몇 번 잠기고 빠지고 발버둥 치다가 결국 다시 여기로 돌아온 거겠지. 그러나 여전히 가족도 없고 미래도 없는 현실이 그를 이토록 불안에 몸서리치게 한 것이리라.

"난 널 내 친동생이라고 생각해. 그러니까 걱정 마. 니가 잘못되는 일은 없을 거야. 걱정할 게 뭐 있어. 형이 있는데. 어떻게든 니가 잘 지낼 수 있게 해줄게."

나는 그의 손을 더 힘껏 잡아주었다.

언젠가 누가 나의 손을 꼭 잡아준 적이 있다.

자대 배치를 받고 이등병 계급장을 달고 군 생활에 적응하지 못해 꽤나 고생했을 때였다. 몸이라곤 체력장 할 때 빼곤 써본 적 없는 내게 군대는 지옥이었다. 어디서 이런 약골이 들어왔냐며 고참들은 노골적으로 비웃었고, 내 유일한 긍지였던 글재주가 건빵 한 알보다도 보잘 것 없다는 걸 알게 되는 과정은 처참했다.

그해 여름, 나는 부대에 있기보단 매일 산으로 갔다. 진지를 만들기 위해서 산꼭대기까지 트럭용 폐타이어를 굴리고 올라가 땅을 파고 묻는 일은 온몸의 진을 쏙 빼놓았다.

그날도 공사를 마치고 트럭을 타고 내려오는데, 빨갛게 상기된 해는 얼차려처럼 머리를 어둠 속에 쳐박고 있었다.

부대에 들어가면 다시 밤이 오겠지. 다들 예민해져 있으니 조금이라도 행동이 굼뜨거나 책잡힌다면 새벽에 구타를 당할지도 모른다는 불안감이 힘든 노동보다 더 신경 쓰였다.

그때, 누군가 가만히 나의 손을 잡았다. 놀라서 앞을 보니 하얀 얼굴에 키가 큰 방위병 상병이었다. 현역과 방위병 간의 알력으로 조마조마했던 당시, 현역 막내인 내 손을 잡아준 게 하필 방위병 상병이

．．．

었다는 건 일종의 반전이었다. 이건 분명 내게 나쁜 일을 한 게 아닌
데……. 어떤 표정을 해야 좋을지 망설였다.

"힘들지? 힘들 때 누가 손잡아주면 좋더라. 손잡으니까 의외로 마
음이 좀 괜찮지?"

그가 묻는데 나는 아무 대꾸도 못하고 있었다. 그때, 나는 머릿속으
로 생각하고 있었다. 이 순간의 기억은 앞으로 평생 나를 따라다니겠
구나. 아무것도 아닌 줄 알았는데 누군가의 손을 잡는다는 게 이렇게
큰 힘을 발휘한다는 걸 나도 언젠가 누군가에게 전해줄 수도 있겠구
나…….

> 너의 손을 잡으면 따뜻해져와
> 너의 손을 잡으면
> 표현하지 않아도
> 사랑한단 너의 말 전해지는 것 같아
> 힘들고 지친 맘도 녹아버릴 것처럼
> 가끔은 불안해지는 맘 초조해져 와도
> 너의 손을 잡으면
> 온 세상이 웃고 있는 것 같아 마법처럼
> ─어른아이, 〈손〉

나는 그때 받은 온기를 다시 다른 이에게 전하고 있었다. 아무리 숨

차더라도 계주에서 결코 쓰러지지 않기를 기원하는 것처럼, 서로가 서로에게 바통을 옮겨주고 있었다.

그날 이후로 나는 그의 손을 잡고 지하철을 타고 병원을 몇 번 더 다녔고, 그는 점점 음악을 듣거나 TV를 보면서 웃게 되었다. 그리고 어느 날 완전히 웃게 되었다. 식당을 하겠다는 꿈에 매달리는 대신 어떻게든 스스로를 학대하지 않고 행복하게 살 거라는 더 큰 꿈을 갖게 되었다.

그는 요즘 아주 잘 지내고 있다. 볼 살이 통통할 정도로 살이 불었고, 표정이 좋아지고 자신감이 붙어선지 안정된 직장에도 취직했다. 거짓말처럼 연락이 끊겼던 가족과도 다시 이어져서 이젠 형 집에서 함께 잘 살고 있다. 형을 찾았음에도 불구하고 나를 잘 따르는 것도 여전하다. 여자친구와 특별한 데이트가 있을 때마다 마음대로 내 옷장을 열어서 제 옷처럼 멋부리고 나가는 걸 보면 확실히 날 친형처럼 여기고 있는 것 같다.

나는 그가 그렇게 좋아진 건 병원치료 때문이 아니라 아주 오래전부터 전래되어 온 손의 마법이 통한 것이라고 굳게 믿고 있다.

이게 다
조상 탓이다

내가 사는 원룸은 몸 안 이곳저곳에 반창고를 붙이고 있는 사람과 같다. 언뜻 보면 멀쩡하지만 조금만 살피면 여러 군데가 고장 중이기 때문이다. 다 내가 부주의한 탓이다.

내가 쓴 글을 읽은 사람들은 행동이나 마음 씀씀이가 아주 섬세할 거라고 생각하는데, 실상은 정반대다. 말도 급하게 생각 없이 내뱉고, 주의력도 부족하고 덤벙대서 친구들 사이에선 "쟤는 뭐 시키지 마라"고 할 정도로 요주의 대상이다. 글만 대신 써주는 우렁각시를 집에 숨겨놓고 있는 게 분명하다고 지들끼리 수군거리기도 한다.

나는 오죽하겠는가. 움직이기만 하면 뭘 부수거나 망치기 일쑤다. 오디오, TV 다 뭔가를 잘못 건드려 되다 말다 하고, 얼마 전에는 뜨거운 프라이팬을 그대로 식탁에 올려서 두꺼운 유리를 절반으로 쩍 갈

라놓기도 했다. 살짝 열었을 뿐인데 카페 화장실 문짝이 부서지는 건 애교이고 외국에서도 내 염력은 통하는지 잠깐 구경하러 들른 숍에서는 천장에서 커튼봉이 통째로 떨어지는 일도 있었다. 동작이 시원시원해서 그런 걸 어떡하겠느냐고 넘어가려고 했지만 친구들은 분명 머리에 무슨 문제가 있는 것 같다고 했다.

내 컴퓨터에 이상이 생기면 전담으로 고쳐주던 친구 하나는 정말 심각하게 왜 나에게만 이런 일이 일어날까를 고민해 주었다. 선천적으로 사물과는 친하지 않은 기묘한 시스템이 내 몸속에 칩처럼 장착돼 있을 거라는 SF적인 이론을 내놓기도 했다.

가끔씩 혼자 사는 동생의 방을 청소해 주러 인천에서 오는 우리 둘째 누나도 알고 보니 나와 같은 부류였다.

그냥 부탁하기는 미안해서 하루는 청소비를 쥐어주고 잠깐 외출한 적이 있다. 한 시간이나 됐나. 방이 달라져 있었다. 바닥도 반질해지고 책상도 눈에 띄게 정돈돼 있었지만 그런 차원이 아니었다. 분위기가 뭔가 묘하게 일그러져 있었다. 충분히 깨끗한 책장 위를 머쓱하게 자꾸 걸레질하는 손이 아무래도 미심쩍었다.

가만 보니 밑에 바퀴가 달려서 두고두고 아끼는 이동식 책장은 넘어뜨려서 귀퉁이가 나가 있었고, 온 힘을 다해 기대앉았는지 플라스틱 의자의 등받이도 부숴먹었다. 심지어 욕실의 샤워기 목도 잘려 있었다. 도대체 그 잠시 동안에 누나는 어떤 짓을 했단 말인가.

. . .

"도대체 이해가 안 돼. 무슨 짓을 한 거냐고."

"아니 그냥 슬쩍 밀었는데 넘어지던데. 이거 싸구려지? 그러니 금방 쓰러지지."

누나는 팔자에도 없는 눈웃음을 동반했다. 머리끝으로 화가 타고 오르는 것도 잠시, 어이가 없었다. 쉰 넘은 아줌마의 애교에 내가 넘어가다니.

누가 누구를 탓하랴. 내가 이해 안 하면 누가 이해해 줄까. 누나가 했던 행동들은 다 그동안 내가 저질러온 발자취인 것을. 어쩌면 이것도 유전인지 모른다는 생각에 이게 다 조상 탓이다, 그러면서 남매는 웃고 말았다.

모두가 노래하는 쇼
네 박자 신이 나는 쇼
가끔은 눈물이 웃겨
한참을 배꼽 잡는 쇼
그런 쇼
In Love

고양이 춤을 추는 쇼
두꺼비 집에 가는 쇼

. . .

오늘은 웃음이 기뻐

꽃처럼 피어나는 쇼

그런 쇼

In Love

— 소규모 아카시아 밴드, 〈Show Show Show〉

아버지의
이름으로

우리 동네 가까이에 사촌누나가 살고 있어서, 동두천에 있는 이모가 가끔 지내러 오신다. 일흔이 넘은 이모는 세월이 흐를수록 제 아버지 얼굴을 꼭 빼닮았다고 내 얼굴을 쓰다듬으며 신기해하셨다.

내가 생각하는 아버지는 모든 것이 나랑 너무 달랐다. 말이 거칠고 고집이 센 것은 물론 계산기보다 더 빨리 암산을 하셔서, 구구단도 반에서 가장 늦게 외워서 늘 꼴찌를 넘보던 나를 놀라게 만들었다. 또 책을 읽고 편지 쓰는 것을 좋아했던 나와 반대로, 아버지는 내가 보는 데서 신문조차 읽은 적이 없을 정도로 활자와는 거리가 멀었다.

평소와는 다른 아버지의 모습을 본 건 그날이 처음이었다. 좁은 골목 중간에서 술집을 겸한 구멍가게를 하던 우리 집은 가끔 취객들이 난동을 부렸지만, 별 문제가 없었다. 아버지는 그때마다 특유의 배짱과 깡으로 거뜬하게 해결하곤 하셨다. 듣기로는 젊었을 때 잘나가는 깡패의 귀도 물어뜯었을 정도로 세상에 무서운 게 없는 분이었다.

그날은 일이 좀 심하게 벌어져서 결국 경찰까지 출동하게 되었고 취객들은 잡혀갔다. 경찰은 아버지에게 어떤 서류를 내밀면서 이름을 적어달라고 했다. 어떤 큰일 앞에서도 작아지지 않던 아버지는 긴장하며 펜을 들었고, 떨리는 손으로 천천히 이름을 적었다. 큰누나는 그런 아버지를 보며 눈시울을 붉혔다. 어린 나는 큰누나가 겁을 먹고 우는 건 줄 알았다.

나중에 아버지가 돌아가시고 나서야 큰누나는 그날의 눈물에 대해서 얘기해 주었다. 그때 아버지의 손이 떨렸던 건, 경찰이 앞에 있어서가 아니라 자식들이 지켜보는 앞에서 제 손으로 글을 쓰는 모습을 보여서 그랬다고 했다.

아버지는 고아였다. 초등학교 들어가기 전 아버지가 병으로 돌아가시고, 엄마는 자식들을 두고 어디론가 모습을 감추었다고 한다. 아버지는 여동생의 손을 잡고 없어진 엄마를 찾으러 다니다가 멀리 외할머니 댁까지 가게 되었다. 외할머니는 여기에 너희 엄마는 없다고 매몰차게 돌아가라고 말했고, 아버지는 목마른 여동생에게 물을 주기 위해서 부엌에 들어갔다고 한다. 아버지는 거기서 엄마를 보았다. 자식에게 들키지 않으려고 몸을 바짝 웅크리고 구석에 숨어 있는 엄마.

．．．

그 순간 엄마를 본 어린 아버지는 어떤 심정이었을까.

아버지는 울면서 엄마라고 부르는 대신 못 본 척하며 동생의 손을 잡고 그 집을 나왔다고 한다. 그 길로 이리저리 어린 고모를 데리고 떠돌며 남의집살이를 하였고, 당연히 학교 문턱도 들어가지 못했던 것이다.

큰누나는 그런 아버지가 이름을 쓸 수 있다는 사실이 너무 감격스러워서 눈물이 났고, 또 그런 아버지가 너무 안돼 보여서 울었다고 했다.

> 가슴 깊이 묻어도 바람 한 점에 떨어지는
> 저 꽃잎처럼 그 이름만 들어도 눈물이 나
> 돌아갈 수 있을까 날 기다리던 그곳으로
> 그 기억 속에 내 맘속에 새겨진 슬픈 얼굴
>
> 커다란 울음으로도 그리움을 달랠 수 없어
> 불러보고 또 불러봐도 닿지 않는 저 먼 곳에
>
> 빈 메아리 되돌아오면 다 잊으라고 말하지만
> 나 죽어 다시 태어나도 잊을 수 없는 사람
> ―김경호, 〈아버지〉

•　•　•

　나는 지금에야 그때의 아버지를 생각하며 눈물이 고인다. 그렇게 자신을 버리고 재가한 어머니가 다시 새남편을 여의고 혼자되었을 때 아버지는 다시 어머니를 받아들였다. 평생토록 원망해도 모자랄 사람을 내 옆에 두고 모실 수 있다니, 아버지의 담대함에 고개가 숙여진다. 외롭게 떠돈 탓에 자식 많은 게 가장 행복한 거라며 3남 3녀를 낳았고, 배고프게 자란 탓에 빚을 내서라도 자식들이 먹고 싶은 건 다 사다주었다. 그것도 모르고 나는 아버지의 무식함을 탓했고 아버지의 가난함을 부끄러워했다.

　이젠 돌아갈 수도, 보듬을 수도 없는 우리 아버지. 그러고 보니 아버지와 내가 꼭 닮은 데가 하나 있다. 드라마를 보거나 남들의 서러운 사연만 들어도 곧잘 눈물을 보이시던 아버지처럼, 요즘 들어 나도 주책없이 눈물이 늘었다. 나이가 든 탓이고 아버지의 피를 물려받아서일 것이다.

　아버지가 쓴 이름 석 자를 보며 큰누나가 눈물을 글썽였던 것처럼, 나도 누군가에게 감동을 주는 글을 쓰며 살겠다며 내 아버지를 마음속으로 크게 불러본다.

바람 속을
걷는다

얼마 전 많이 의지하는 친구에게서 목도리를 선물 받았다. 그녀가 직접 짠 것이었는데, 회색에 가까운 까만색과 빛바랜 느낌의 고동색이 알맞게 분배된 색감이며 목을 휘어 감고도 반 정도 남는 길이가 마음에 쏙 들었다.

돌아오는 길, 풍성한 목도리를 목에 두르고 바람 속을 걷는데 목을 감아오는 감촉이 한없이 따뜻했다. 그 감촉은 어딘가 모르게 익숙했다.

엄마는 뜨개질을 잘하셨다. 집에 있을 때면 늘 손에는 나무로 된 대바늘과 작은 바늘을 쥐고 계셨다. 그걸로 내 바지와 외투, 장갑, 목도리를 비롯한 모든 걸 만들어주셨다. 새 실로 만든 당신 것은 하나도 없었다. 보풀이 일어난 헌 실로만 겨우 당신 것을 허락했다. 하지만 나

．．．

는 실로 짠 옷들이 싫었다. 까칠하다고 투정부리고 촌스럽다고 불평하기 일쑤였다.

엄마는 다시 풀어서 내 마음에 들 때까지 새로운 옷을 만들고 또 만들었다. 마음에 들 리가 없었다. 사실은 단지 메이커가 입고 싶었다. 가난해서 좋은 옷을 사줄 돈이 없는 형편이 싫었던 것이다. 늦은 나이에 본 막내인 나에겐 직접 당신이 만든 옷만 만들어주고 싶으셨던 엄마의 진심 따위는 헤아리고 싶지 않았다.

목도리로 얼굴을 꼭꼭 감싸고 집으로 돌아와 책장에 꽂아둔 사진첩을 찾았다. 엄마가 돌아가신 후, 가장 엄마 얼굴을 적게 본 막내가 갖는 게 맞다며 형제들이 양보한 것이다.

뚱뚱한 여자 코미디언을 닮았다고 사람들이 농을 할 만큼 건강했던 엄마 얼굴을 보자 함박웃음이 나왔다. 바람이 들어간 것처럼 밑단이 풍성한 꽃무늬 한복을 입고 엄마는 계모임 사람들과 함께 꽃놀이를 다니셨다. 관광버스 안에서 무슨 재미난 얘기를 들었는지 터지는 웃음을 손으로 가렸지만 즐거운 기분만은 그대로 활짝 드러나 나도 따라 웃었다.

몇 장을 넘기자 무슨 잔칫날이었는지 엄마는 돼지머리 눌린 걸 썰어 접시에 담고 있었고, 나는 옆에서 귤을 까먹으며 엄마가 접시를 가득 채워주기를 기다리고 있는 사진이 나왔다. 젤리처럼 쫄깃한 돼지머리를 씹는 상상을 하자 군침이 돌았다. 하지만 사진첩을 뒤로 넘길 때마다 내 침은 바짝 말라갔다. 엄마의 몸이 줄어들고 있었다. 물기 없이 바짝 말라버린 껍질처럼 쪼그라들어 젊었을 때 몸집의 반이 되어 있었다. 환갑도 안 되었는데 새하얗게 쇤 머리와 푸석하게 마른 얼굴로 돌아가신 아버지의 산소 앞에 앉아 있는 사진도 있었다. 그날은 틀니도 안 끼셨는지 웃고 있었지만 마른 볼이 푹 꺼져 주름이 더 심해져 있었다.

빛바랜 사진 속에 웃고 계신 나의 어머니 보고 싶어요
항상 고마워했었지만 어린 나는 괜히 투정만 했었지요
내 곁을 떠나시던 그날까지 나를 걱정해 주신 당신께
나는 이제 와 가슴 깊이 후회하며 평생 살아야겠지요

나에게 하나만을 말했죠
언제나 건강하라고
그때를 생각하면 너무도 죄송한 마음뿐이죠

이제는 알아요
내게 남기신 깊은 사랑을
용서해 주세요
지난 날들의 나의 잘못을
어떻게 하나요

. . .

이젠 다시는 볼 수 없나요

그리워 눈물이 나요

당신이 보고 싶어요

── 플라워, 〈Mother〉

마주하기 힘든 진실을 결국 보고 만 것처럼 마지막 사진 속 엄마의 얼굴은 초라해서 견딜 수가 없었다. 그동안 마음속에 둔 건 항상 밝게 웃는 엄마였다. 내 마음이 불편하지 않도록, 등허리에 나를 태우고 걸레질하면서도 한 번도 내려놓지 않았던 엄마만 마음에 담고, 걷지 못해 방바닥에만 몸을 붙이고 계셨던 병든 엄마는 외면하고 싶었던 것이다. 엄마가 짜준 털실로 된 스웨터를 입지 않고 버려둔 어린 시절처럼 나는 여전히 이기적이었다.

그렇게 싫어했던 목도리를 이제서야 참 좋아한다. 몇 개나 갖고 있으면서도 털실로 직접 짠 목도리만 보면 욕심을 낸다. 왜 이렇게 청개구리일까. 평생 엄마가 하는 말을 반대로 하다가 마지막에 강가에 묻어달라는 엄마의 마지막 유언만 지켰다는 바보 같은 청개구리. 엄마 무덤이 떠내려 갈까 봐 비가 오면 서럽게 운다는 청개구리도 나 같았을까.

엄마가 짜준 목도리가 세상에서 최고로 좋아요, 한 번만 이 말을

• • •

할 수 있다면……. 너무 늦어버린 말 한마디를 목으로 삼키며 나는
오늘도 목도리를 두른 채 바람 속을 걷는다.

녹아버린
팥빙수

사철 내내 팔았으면 하고 바라는 것 중에 하나가 팥빙수다. 눈처럼 잘게 간 얼음가루에 올린 팥을 느리게 저어가면서 야금야금 떠먹는 팥빙수의 맛을 여름에만 즐기라고 하는 것은 너무 가혹하다. 빨간 체리와 색색의 젤리로 장식된 모양을 보고 있으면 '녹는 케이크'를 받은 것처럼 기분까지 밝아진다. 팥빙수를 맛보는 순간만은 순수한 어린 시절로 돌아간 느낌까지 받으니 항상 곁에 두고 싶은 먹을거리다.

여름 끝에서 만난 그녀는 나와 전혀 다른 생각이라며 웃었다. 새로 시작한 방송일이 힘든지 조금 야윈 것도 같고, 일부러 다이어트를 한 것 같기도 한 애매한 얼굴을 하고 있었다. 내가 뭔가 할 말이 있으면 해보라는 듯 물끄러미 쳐다보자 그녀는 안 그래도 할 생각이었다며 이야기를 풀어놓기 시작했다.

. . .

    그녀가 그를 만난 건 몇 년 전 유난히 더운 여름이었다. 바쁜 친구의 부탁으로 대신 그를 공항에 마중 나갔다고 했다. 마침 할일도 없었지만, 무엇보다 친구의 옛날 애인이었다는 점이 호기심을 자극했다. 지금은 친구의 친구가 되었지만 한때는 가슴앓이를 할 만큼 그를 좋아했다는 사연에 얼마나 멋진 사람인지 직접 보고 싶었다는 것이다.

    그는 그녀가 좋아하는 취향과는 거리가 멀었다. 지나치게 육중한 몸매와 부드러운 눈매 때문인지 멀리서 보니 눈사람이 걸어오는 것처럼 보였다. 왜 친구가 저런 사람에게 반했을까 전혀 이해가 안 됐다. 게다가 찬 쪽이 친구가 아니라 그 남자라는 점에 오기가 발동했다. 제까짓 게 뭐라고, 자신에게 반하게 만든 다음 차버리는 장면을 그려보며 복수를 다짐하기도 했다.

    친구의 일이 끝나기를 카페에서 함께 기다리는 동안, 그는 팥빙수부터 시켰다. 두 사람이 먹어도 남을 만한 양을 단숨에 해치웠다고 했다. 그 순간은 허겁지겁 얼음을 베어 먹는 북극곰처럼 보여서 웃겼다고 했다. 그는 얼마나 먹고 싶었는지 모른다며, 이것 때문에 한국에 더 오고 싶었다는 팥빙수 예찬을 늘어놓았다. 그러고는 세상의 모든 걸 다 가진 것 같은 표정을 지었다.

    팥빙수의 순진한 기운 때문이었을까. 그녀는 그런 그를 복수 같은 섬뜩한 단어에 끼워놓는 대신 그냥 즐겁게 이 사람과 시간을 보내자는 쪽으로 마음을 바꿨다.

팥빙수 팥빙수 난 좋아 열라 좋아

팥빙수 팥빙수 여름엔 이게 왔다야

빙수기 얼음 넣고 밑에는 예쁜 그릇 얼음이 갈린다 갈린다

얼음에 팥 얹히고 후루츠 칵테일에 체리로 장식해 장식해

팥빙수 팥빙수 난 좋아 열라 좋아

팥빙수 팥빙수 여름엔 이게 왔다야

빙수야 팥빙수야 사랑해 사랑해

빙수야 팥빙수야 녹지 마 녹지 마

— 윤종신, 〈팥빙수〉

노래방에서 그는 윤종신의 팥빙수를 불렀다. 러시아에서 성악을 전공하는 유학생다운 풍부하고 감미로운 목소리였다. 머리를 잘 자르면 얼굴이 잘 생겨보이듯이 바리톤의 목소리를 듣고 나니 그의 얼굴도 꽤 봐줄 만했다.

장소를 옮긴 술집에서 둘은 계속 얘기를 나눴다. 그녀는 주로 듣는 쪽이었다. 그는 러시아인들의 시와 음악이 비장하고 아름다운 건 고독 때문이라며, 추운 겨울 내내 외로움과 싸우려고 뜨거운 보드카를 껴안고 사는 러시아인들의 감성을 사랑한다고 했다. 차이코프스키와 푸슈킨, 심수봉이 번안해서 불렀다는 러시아 민요 〈백만송이 장미〉의 얘기까지, 술기운 때문인지 그녀는 그가 러시아어를 섞어서 말할 때

그와 같이 있을 수 있는 시간이

계속 줄어들고 있다는 사실에

그녀에게 팥빙수는

더 이상 달콤하지 않았다

마다 낭만적인 시 한 편을 듣고 있는 것처럼 취해갔다. 늦어지는 친구가 이대로 그냥 철야라도 하기를 바라는 자신의 변화에 그녀는 무엇보다 놀랐다.

그녀와 그는 다음 날부터 매일 만났다. 그리고 계속 팥빙수를 먹었다. 하나의 팥빙수에 하나의 숟가락만 있으면 됐다. 하지만 그와 같이 있을 수 있는 시간이 계속 줄어들고 있다는 사실에 그녀에게 팥빙수는 더 이상 달콤하지 않았다. 하지만 그에겐 여전히 팥빙수가 질리지 않고 맛있었다. 팥빙수는 그녀만의 몫이 아니었다. 그는 여러 명의 여자와 팥빙수를 먹었다. 체리처럼 예쁜 여자도 있었고 젤리처럼 귀여운 여자도 있었다. 어차피 방학 동안 잠깐 머물려고 온 그에게는 러시아의 혹독한 고독을 견딜 만한 뜨거운 연료가 필요했다. 그가 먹어치운 팥빙수만큼 최대한 많은 추억을 가지고 돌아가고 싶다는 생각에, 충분히 많은 팥빙수를 맛보고 있었다.

그녀는 여전히 팥빙수가 맛있다는 걸 알지만 이제 달콤하지는 않다고 했다. 그러면서 자신도 친구와 똑같은 처지가 되었다고 했다. 돌아가기 며칠 전 그에게 차였다며 적어도 공항에 배웅은 나갈 줄 알았는데, 다른 여자가 그 역할을 맡았다고 하며 며칠을 울었다. 그 정도의 엔딩이면 마음 놓고 미워해도 될 터인데 그게 잘 안 됐다고 했다. 그처럼 낭만적인 남자는 만나본 적 없다며 그가 했던 말들이 머릿속에서 계속 오로라처럼 아름답게 피어오른다고. 연락처는 갖고 있기에 편지도 쓰고 전화도 했지만 더 이상 그는 그녀에게 친구 이상의 감정은 없다고 했다. 다음에 한국에 나올 때는 그가 또 몇 그릇의 팥빙수를 해치우고 갈지 모르겠다며 정말 전생에 북극곰이 아니었을까 싶다며 그녀는 웃었다.

　이야기를 듣는 동안 그녀 앞에 놓인 팥빙수는 이미 다 녹아내렸다. 다행이다. 언젠가는 그녀가 간직한 그 아픈 추억의 집 또한 그처럼 녹아내릴 것이기에.

인생이란
크리스마스

친구와 함께 카페에 갔다. 그 친구를 만나면 늘 그곳에만 간다. 집에서 열 발자국만 나와도 골목부터 카페가 시작되지만 굳이 거기까지 가는 건 트위터를 통해 함께 알게 된 주인 부부 때문이다. 내 글을 좋아해주는 사람들이 운영하는 카페가 어딘가 하나쯤 있다는 건 꽤 근사하고 기분 좋은 일이니까.

역시 가길 잘했다. 생각지도 않은 선물까지 받아버렸다. 카페이름이 새겨진 하얀 커피 잔이었다. 집에서는 주로 차를 마시지만, 이젠 커피도 마셔야지 할 만큼 마음에 쏙 들었다. 둥근 잔 모양이, 접혀 올라간 티셔츠 밑으로 볼록한 개구쟁이 똥배와 닮아서 자꾸 쓰다듬었다.

"크리스마스 선물이에요."

'크리스마스'라는 말을 듣는 순간 나는 여지없이 창을 쳐다보게 된다. 하느님의 은총이 온 누리에 똑같이 내리길 기도하는 사람은 넘쳐나지만 정작 행복한 사람은 더 행복하고, 불행한 사람은 더 불행해지는 빈익빈 부익부가 가장 극명하게 드러나는 날. 솜뭉치와 꼬마전구로 틀을 두르고 비록 반짝이는 유리창이 사이에 있지만 창 안과 밖, 내겐 그 어디에도 크리스마스는 없는 느낌이었다.

꼬마일 때 몇 년 간은 내게도 크리스마스는 무척 설레는 날이었다. 큰 양말을 머리맡에 두고 잘 정도로 순진하진 않았지만, 그래도 아침에 깨어나면 식구 중 누군가가 선물 하나는 챙겨줄 줄 알았다. 하지만 연로했던 부모님은 어린 막내아들의 크리스마스 선물 정도는 챙겨야지 정서 함양에 좋다는 점을 몰랐는지 그냥 넘어가셨고, 훌쩍 머리가 큰 형과 누나들은 자기들 놀러 다니기 바빴는지 종일 집에 붙어 있지 않았다.

어른이 돼서도 달라지지 않고 나는 주구장창 혼자 있었다. 장소도 늘 한군데였다. 내 방. 거실이 딸린 투룸도 아니고 줄곧 원룸. TV를 켜놓고 커다란 침대에 멍하니 누워 있거나, 입이 심심해서 이것저것 대충 집어먹다가 그것도 물려서 다시 잠들다 깨길 반복하며 친구 몇 명과 '메리 크리스마스' 문자 릴레이를 하다 보면 하루가 끝나고 있었다.

크리스마스 시즌에 애인이 있던 적도 있었는데, 상황이 조금 특이했다. 자신은 불교 신자인데 예수님 생일을 왜 챙겨야 하느냐며 자기

볼일 보러 다니기 바빴다. 세상에 크리스마스를 기다리지 않는 애인 이라니. 대낮에 날벼락 맞을 확률과 비슷한데 그걸 내가 맞았다. 근사한 레스토랑을 예약하거나 비싼 선물을 준비해야 하는 부담은 없었지만, 나는 차라리 빚을 내서라도 비싼 선물을 주고받고 싶었다. 속물적인 방법이긴 해도 그렇게라도 크리스마스의 낭만을 되찾고 싶었던 나의 바람은 물거품이 되었다. 지금 생각하면 나를 안 좋아했던 게 아니었을까 싶다. 보통 때는 그저 그런 사랑을 연기할 수 있지만 그런 특별한 날만은 차마 그러고 싶지 않았던 거였겠지…….

생각의 창에서 빠져나왔더니, 갑자기 허기가 졌다. 주인 부부가 마침 어제 사 온 빵이 있다며 내놓았다. 친구는 배가 안 고픈지 거의 손을 안 댔고, 덕분에 또 나만 염치없이 볼록 똥배가 불러왔다.

주인 부부는 주변 가게들은 벌써 여기저기 크리스마스 장식을 한다며, 자신들은 차별화되게 아예 아무것도 안 하면 어떻겠느냐고 물어왔다. 친구는 그것도 괜찮은 생각이라고 고개를 끄덕였지만, 나는 절대 안 된다며 적극적으로 반대 깃발을 내들었다. 귀찮으면 트리는 못 꾸미더라도 카페 구석구석 꼬마전구라도 풍성하게 널어달라고 떼를 썼다. 꼬마전구를 보면 왠지 마음이 따듯해진다며, 형식적이고 빤하기는 해도 크리스마스는 크리스마스다워야 한다고 목소리를 높였다.

문득 집에서 나오기 전까지 열심히 음반을 정리했던 장면이 떠올랐다. 연말이면 그동안 되는 대로 벌려놓았던 CD들을 분류하고 정말

아끼는 음반은 장 안에 넣어두고, 최근에 자주 듣는 음반들은 오디오 근처에 쌓아두는데, 이맘때면 늘 캐럴 음반이 그곳 차지였다. 사실은 크리스마스 기분을 내려고 캐럴을 듣고 싶었던 건데, 그 핑계로 연말이면 그 많은 CD들을 들었다 났다 하는 수고를 한 건 아니었나, 번뜩 정신이 들었다.

어쩌면 나는 꽤 크리스마스적인 인간이었던 것 같다. 크리스마스를 기다렸지만 반짝이는 일 같은 건 일어나지 않았고, 보푸라기 같은 이불을 끌어안고 대신 크리스마스를 잘근잘근 미워해왔던 것이다.

소풍 때도 그랬다. 떠나기 전날까지는 TV 앞에 앉아 비 오면 안 된다며 기도도 하고, 과자가 가득 든 가방을 머리맡에 두고 행복하게 잠이 들었지만 막상 소풍은 말할 수 없이 시시했다. 그냥 풀밭 위에서 김밥 먹고 오는 절차일 뿐이었다. 여행도 크게 다르진 않았다. 짐을 꾸리고, 꼭 그곳에서 하고 싶은 리스트를 만들고, 평소에는 주저하던 휴가지용 옷을 빼입고 트렁크를 끌며 공항에 들어설 때까지가 가장 좋다. 하지만 다음부터는 항상 내리막이다.

그러고 보면 인생은 예고편으로 이루어진 것 같다. 크리스마스나 소풍이나 여행처럼 각자 다른 이름을 달고 있지만 따지고 보면 모두 예고편에 불과한 한결같은 인생이었다. 그럴 바엔 투덜거리는 대신 원래 본편은 아무리 용써도 예고편보다 재미없다는 걸 인정하는 게 어떨까. 예고편의 반만 재미있어도 되는 거지 뭘 더 바래, 그러고 나면

속은 편할 테니까.

그게 영 허탈하다면, 좀 다르게 생각해 보련다. 준비하고 기다리고 상상하는 순간부터 본편이 시작하는 거라고. 꿈꾸고 설레는 시간부터 여행에 포함되고, 크리스마스 선물을 고르고 캐럴을 듣고 꼬마전구가 달린 창틀 앞에서 크리스마스를 떠올릴 때부터 크리스마스라고.

그러면 인생의 크리스마스는 하루가 아니라 열흘이나 한 달이 될수도 있을 테니, 즐거운 일이 일어날 가능성은 더 높아질 테니까.

P. S.

역시 그날은 아무 일도 생기지 않았다. 밤에 혼자 성탄 미사에 갔던 기억만 어렴풋하다. 그래도 손이 부러졌다든가, 불이 났다든가 그런 나쁜 일이 안 생겼으니 다행이다.

참, 올해의 캐럴은 김동률의 〈크리스마스잖아요〉로 정해놓고 반복해서 질릴 때까지 들었다. 그래서였는지, 그럭저럭 좋은 크리스마스였다.

흰 눈이 쌓여가는 이 밤

이제 얼마 남지 않은 크리스마스

벌써 거리엔 캐럴이 흘러요

더는 맘 졸이게 말고 내게 와줘요

. . .

꽤 바쁜 척 둘러댈 생각 말아요
온 종일 집에 숨어 있지 말아요
그냥 망설이지 말고 내게 와줘요
일 년 내내 기다린 크리스마스잖아요

벌써 세상은 온통 들떠 있죠
너무 꽁꽁 얼기 전에 내게 와줘요

창 밖을 보며 부러워만 말아요
괜스레 혼자 한숨짓지 말아요
그냥 망설이지 말고 내게 와줘요
모든 이가 행복한 크리스마스잖아요

그냥 못 이긴 척 나의 손을 잡아요
다른 날도 아닌 크리스마스잖아요
— 김동률, 〈크리스마스잖아요〉

그놈은
무서웠다

내가 어릴 때 세상에서 가장 싫어한 건 쥐새끼였다.

어릴 적 살던 우리 집 천장에는 쥐 가족이 있었다. 아무래도 그 가족이 우리 가족보다 먼저 살고 있었던 게 아닌가 싶을 정도로 당당했다. 신이 나서 우르르 몰려다니기도 하고, 패싸움이 붙어서 양편으로 갈라졌는지 발자국 개수까지 다 느껴졌다.

그날은 일요일 아침이었다. 가족들이 외출하고 혼자 집에서 TV를 보는데 어디선가 툭툭거리는 소리가 들렸다. TV 위 벽이었다. 벽에 생긴 커다란 구멍에 아버지가 시멘트를 바르는 대신 마시고 난 빈 소주병을 틀어막은 자리였다. 덜덜덜 소주병이 흔들리는 소리에 따라 덜덜덜 내 불안감도 커져갔다. 어른 키만 닿는 위치여서 어떻게 할 수도 없는데 툭! 소주병이 방바닥에 떨어졌다. 깨지진 않았다고 안심하려는데 곧이어 뭔가 또 떨어졌다. "아! 쥐!"라고 소리 지를 새도 없었다.

어른 팔뚝만 했다. 쥐도 나를 보고 놀랐는지 패닉 상태에 빠졌다. 그때부터였다. 쥐도 나도 필사적이었다. 누가 누구를 피하는 건지 알 수 없이 방바닥을 뛰어다녔다. 겨우 방 안에서 몰아냈지만 그 뒤로 쥐 가 너무 무서웠다. 다람쥐도 싫었다. 쥐 닮은 건 다 싫었다. 하다못해 미키마우스도 싫었다.

그런데 어른이 돼선 쥐새끼보다 더 무서운 존재가 생겼다.

쥐는 사력을 다해서 싸우면 죽일 수도 있지만, 그놈은 그럴 수도 없 다. 닫혀 있는 변기. 속에 어떤 내용물을 품고 있는지 겉모습만으로 알 수 있어, 상상하는 순간부터 오싹한 공포감을 주기 때문에 쥐를 능가하는 최고로 두려운 놈이다. 그놈은 보통 급하게 들어간 지하철 공중화장실에서 목격하곤 하는데 이번에는 의외의 장소인 북카페에 서 만났다. 글이 잘 안 써질 때 자주 가는, 집에서 가까운 북카페였다.

배가 더부룩해서 화장실 문을 열었더니 변기가 닫혀 있었다. 느낌 이 불길했다. 아닐 거야. 여긴 아닐 거야. 여긴 그래도 책을 좋아하고 사색을 즐기는 지적인 사람들이 모이는 곳이잖아. 설마 싸놓고 도망 가는 짓은 안 했을 거야. 믿어보자. 살짝 떨리는 손을 진정시키며 변 기 뚜껑을 열자마자 이런, 배신감에 온몸이 부들부들 떨렸다. 믿었건 만, 믿는 도끼에 발등이 제대로 찍히다니……. 변기 속에서 똬리를 틀 고 나를 의뭉스럽게 올려다보고 있는 그놈은…….

· · ·

앗! 뱀이다 뱀이다

몸에도 좋고 맛도 좋은 뱀이다

요놈의 뱀을 사로잡아 우리 아빠 보약을 해드리면

아이고 우리 딸 착하구나 하고 좋아하실 거야

앗! 개구리다 개구리다

몸에 좋고 맛도 좋은 개구리다 개구리다

요놈의 개구리를 사로잡아

우리 아빠 몸보신을 해드리면

아이고 우리 딸 착하구나 하고 좋아하실 거야

— 김혜연, 〈참아주세요〉

아, 순간 나도 모르게 '뱀이다~!' 하고 구성지게 이 노래를 뽑을 뻔했다.

그건 분명 아나콘다였다. 뱀 중의 왕 아나콘다. 그건 도저히 인간의 양이 아니었다. 코끼리나 우랑우탄, 아니면 최홍만의 두 배쯤 되는 거인의 짓이 분명했다. 분했다. 이런 데서 당하다니. 쥐새끼였다면 운동화를 벗어서 마구 때려잡기도 하련만 이건 붙들고 싸울 수도 없고, 이미 죽은 거라서 또 죽일 수도 없었다. 어떤 인간인지 그 구멍이 막혀서 얼굴이 누렇게 떠버려라. 그놈이 머릿속으로 떠오를 때마다 저주를 퍼부으며 괴로워했다.

...

　한동안 그 카페에 출입을 끊었다가 결국 다시 그곳에서 이 글을 쓰고 있다. 글은 써야겠기에, 먹고는 살아야겠기에. 하지만 최대한 화장실 갈 일은 줄여서 물도 조금 마시고 베이글 같은 빵 종류는 시키지도 않는다. 그런데 누굴까. 얼마나 장이 튼튼했으면 그런 엄청난 우량아를 생산할 수 있었을까. 같은 인간인데 누구는 소화가 안 돼서 짜장면 하나도 결심하고 먹어야 하는데 누구는 거침없이 박력 있는 결과물을 내놓다니 인간은 이래저래 참 불공평하다.

낭만의
화신

나는 그녀를 낭만의 화신이라고 불렀다. 국문과답게 우리 과엔 낭만적인 친구가 많았지만, 그녀는 그중에서도 궁극이었다. 퇴폐적인 낭만파와 순수 낭만파로 나눈다면, 그녀는 순수 낭만파의 선두였다고 할 수 있다.

그녀와 처음 말을 튼 건 범어사로 떠난 MT에서였다. 친하게 지내고 싶은 사람 이름을 쪽지에 적어서 내는 놀이를 했는데 내 이름도 나왔다. 굳이 밝히지 않아도 되는데 그녀는 슬쩍 내 옆으로 오더니 나를 적었다고 했다. 부채꼴 모양의 강의실 왼편에 나 혼자 앉아서 강의를 듣는 모습을 본 적이 있는데 잘 어울려서 그랬다고 했다. 햇빛 때문이었나, 뭔가 분위기 있고 신비로운 느낌이 들었다고 했다. 전혀 그런 느낌이 없는 나를 그렇게 봐준 그녀가 고마워서 다음부턴

. . .

늘 같이 다녔다.

그때부터 나는 그녀가 벌이고 다니는 낭만적인 행동의 첫 번째 목격자가 될 수 있었다.

구내식당에서 밥을 먹은 뒤엔 파란 컵에 물을 담아와 여기에 파란 하늘이 들어 있어, 라며 내밀었고, 제 앞에 놓인 분홍색 컵에는 분홍색 꽃잎을 가득 띄웠어, 같은 민망한 대사를 아무렇지 않게 했다. 또 어느 일요일 아침에는 늦잠 자는 나를 전화로 깨워 심각하게 할 말이 있다며 광안리 바다로 불러냈다. 급한 일인 줄 알고 허겁지겁 나가보면 공책에 베껴온 마종기의 시를 읽어주며 혼자 읽기엔 너무 슬프잖아, 라고 진지하게 말했다.

거의 매일 학교에서 보면서도 직접 판화를 새겨서 찍은 엽서를 집으로 부쳤고, 교내 방송국의 스피커 밑에서 이름 모를 클래식을 들으며 울기도 했다. 아기 같은 피부에 동그란 눈망울 때문에 유난히 어려 보이는 그녀는 얼굴만큼 어리고 순수한 목소리를 갖고 있어서 가끔 내 앞에서 구연동화를 해주기도 했다.

과 친구들은 늘 붙어 다니는 둘 사이를 의심하고 집에서도 당연히 내 여자친구라고 여기고 있었지만 우리는 말 그대로 '베스트 프렌드'였다. 시험 때가 되면 먼저 온 사람이 도서관의 자리를 맡아주었고, 교양수업을 같이 듣는 한문과 여학생에게 반했을 때도 대신 가서 내

그녀는 반드시 봄날처럼 다시 웃고,

봄날처럼 마음껏 낭만을 꽃피울 것이다

. . .

마음을 전해주었다. 군대에서도 내가 알던 그녀들이 다 떠난 뒤에도 마지막까지 남아 직접 꾸민 알록달록한 편지지에 깨알 같은 사연을 담아서 보내주었다.

졸업하고 서울에서 지낼 동안, 그녀는 부산에 남아 입시 학원에서 아이들을 가르쳤다. 당장은 다른 일을 찾을 수 없어 그 일을 하지만 그녀의 꿈은 성우가 되는 것이었다.

몇 년 후에 그녀는 그 꿈을 접을 수 없다며 서울로 올라왔고, 시험을 보러 가기 전 거울 앞에 앉은 그녀의 입술은 더 빨갛고 도톰해졌다. 안 본 사이에 예뻐졌다며 누구인진 몰라도 너와 결혼할 남자는 행운아라는 내 칭찬에 그녀는 "나 같은 타입은 나이 들수록 예뻐져. 니가 그땐 몰라봐서 그렇지"라고 살짝 보조개가 보일 정도로 웃었다. 나중에 시험에 떨어졌다는 소식을 전화로 들었지만 언젠가부터 연락이 되지 않았다. 집으로 전화해 보니 그녀의 어머니가 받았다. 결혼을 했다고 일러주었다.

그녀를 다시 만난 건 3년 전이었다. 그녀는 여전히 어려 보였지만, 그사이 결혼하고, 이혼하고 지금은 딸아이와 지낸다고 했다. 우리는 부산 서면에 새로 문을 연 2층 카페에 앉았다. 신발을 벗고 들어가는 방처럼 돼 있었다. 전면이 통유리여서 지나가는 사람들을 구경하는 재미도 있고, 음료를 종류별로 리필해서 먹을 수 있는 자율식 카

폐였다.

그녀와 나는 나이가 드니까 이런 게 좋아지더라, 며 똑같이 유자차에 뜨거운 물을 부었다.

> 바닥에 남은 차가운 껍질에 뜨거운 눈물을 부어
> 그만큼 달콤하지는 않지만 울지 않을 수 있어
> 온기가 필요했잖아. 이제는 지친 마음을 쉬어
> 이 차를 다 마시고 봄날으로 가자
>
> 우리 좋았던 날들의 기억을 설탕에 켜켜이 묻어
> 언젠가 문득 너무 힘들 때면 꺼내어 볼 수 있게
> 그때는 좋았었잖아 지금은 뭐가 또 달라졌지
> 이 차를 다 마시고 봄날으로 가자
> ― 브로콜리 너마저, 〈유자차〉

지금 그녀는 아이들에게 영어를 가르치면서 잘 지내고 있다고 했다. 너무 바빠서 외로움 따위는 끼어들 틈이 없다며 웃었다. 이번 달엔 돈도 많이 벌었다며 오랜만에 고향에서 친구를 만났으니 유자차는 자신이 사는 거라고 했다. 그녀에게 여전히 처녀 같다고 말했더니, 당연하지, 라며 자신만만한 표정을 짓는다. 설탕이 많이 들어갔는지 그날의 유자차는 유난히 달콤했다.

・・・

　그러고서 메시지가 온 건 며칠 후 새벽이었다. '사는 게 왜 이렇게 힘든지 모르겠어. 다시는 사랑 못 할 것 같아. 자꾸 눈물이 난다'라고 적혀 있었다. 당황스러웠다. 무엇이 그녀의 온기를 다 뺏어가 버리고 지치게 만든 것일까.

　난 그저 그녀에게 다시 좋은 사람 만날 거라며 사랑에 실패한 것이 아니라 가슴 아픈 사랑을 경험한 것뿐이라고 말해 주었다.

　나는 그녀를 응원할 것이다. 그리고 믿을 것이다.

　그녀는 반드시 봄날처럼 다시 웃고, 봄날처럼 마음껏 낭만을 꽃피울 것이다. 내가 아는 '낭만의 화신'은 절대 죽지 않는다. 더 행복해지기 위해서 잠시 숨을 고르고 있을 뿐이다.

나는 사는 게
재밌다

캘리그라피를 배우려고 일주일에 한 번 부산에서 올라오는 후배가 있다. 다시 내려가기 전 집 앞에서 점심 먹고 차를 마시며 이런저런 사는 얘기를 하다가 책 이야기까지 나왔다.

"무슨 일본 작가가 쓴 건데 키친이든가 뭐든가. 제목은 모르겠는데 형 글이 생각나대."

"아, 치킨?"

"치킨 아니고 키친 아니가?"

"아, 맞다 키친이다. 근데 치킨하고 키친하고 왜 이렇게 헷갈리는 거야. 누가 제목을 그렇게 지으래? 키친은 무슨 키친이야. 여기가 미국도 아니고. 더 있어 보인다고 생각하나 보지. 그냥 부엌이라고 하면 되지!"

"자기는 소울메이트라고 지어놓고. 왜 여긴 한국이니까 천생연분이라고 하지?"

할 말이 끊긴 나를 보며 웃던 후배는 기차표를 끊어놨다며 이제 일어나야겠다고 했다.

"근데 대구에서 부산까지 KFC는 언제 개통되노?"

아, 갑자기 왜 KFC가 나왔지. KFC는 닭집 이름이지. 얼른 고쳤다.

"대구에서 부산까지 KTF는 아직 완공 안 된 거 맞제?"

후배는 내 얼굴을 가만히 봤다. 왜 그러는 거지? 얼굴에 뭐라도 묻었나?

"형, 기차는 KTF가 아니라 KTX거든."

자신도 가끔은 실수하지만 형은 좀 심하다며 "늙은이 다음에 보자"라는 말을 남기고 후배는 자리를 떴다.

그 일이 있고 며칠 후에 나보다 두 살 많은 동네 형을 만났다.

만나긴 했지만 딱히 둘이 할 일도 없고 해서 밥을 먹자고 했는데, 나오기 전에 집에서 먹고 나와서 배가 안 고프다며 떡볶이 정도는 먹을 수 있다고 했다.

"가볍게 주변머리나 하자."

"형, 주변머리가 아니고 주전부리 아니야?"

"아……."

내가 늙은이라고 놀릴 틈도 안 주고, 형은 자꾸 이런 일이 일어난다며 미리 서글픈 표정을 지었다. 정확한 단어가 입에서 나오는 데 예전보다 시간이 오래 걸려서 '그거', '이거', '저거'부터 일단 던져놓고 정확한 단어를 뽑는다고 했다.

"다, 늙어서 그런 거겠지……."

떡볶이를 맛있게 넘기기엔 참 맛없는 말이었다.

다음 날 아침엔 일어나자마자 집 근처에 사는 사촌누나와 통화를 했다. 저녁에 오랜만에 자형이랑 밥을 먹자는 얘기였다. 좋은 식당을 알아놨다며 누나는 "거기서 먹으면 7만 원 안 해!"라고 말했다.

한 끼에 7만 원이라니. 누나가 그렇게 잘살았나? 검소하게 봤는데 의외로 돈을 펑펑 쓰는 스타일이구나. 조금 의외였다.

"7만 원은 너무 비싼 거 아닌가?"

"7만 원? 가격은 모르겠는데 안 비싸. 거기서 먹으면 실망은 안 해! 음식 되게 잘 나오거든."

이런, '7만 원은 안 해'가 아니라 '실망은 안 해'였다. 말실수도 모자라 이제 가는귀까지 먹다니. 확실히 내 몸이 늙어가는 중이다. 누나는 동병상련이라고 위로해 주었다. 늙어가는 것도 사실은 꽤 재미있다며 그렇게 풀이 꺾일 일은 아니라고 했지만, 순간 이해가 잘 되지 않았다.

전화를 끊고 곰곰이 생각해 봤는데 신기하게도 그 말이 맞았다. 택

하라고 한다면, 젊은 시절로 다시 돌아가고 싶은 마음은 조금도 없다. 탱탱한 피부가 부럽고, 샘솟는 힘도 부럽고, 넘치는 호기심도 부럽지만, 나는 그래도 지금이 좋다. 주름살은 늘어나고 뱃살은 처지고 흰 수염이 빼곡해도, 그래도 늙어가는 게 좋다.

친구들도 그랬다. 젊음이 부럽지만 돌아가고 싶진 않다고. 앞으로 무엇이 될까, 어떻게 살까, 고민하던 치열한 그 시절과 다시 부딪힐 마음은 없다고. 지금에서야 겨우 찾은 작은 여유와 지혜가 더 즐겁고 소중하다고.

항상 청춘을 노래하고 젊음을 찬미하며 늙어가는 슬픔만 늘어놓다가 사실은 나이를 먹는 것이 꽤 즐거운 일이라는 사실을 젊은이들이 안다면 배반당한 것처럼 깜짝 놀라겠지. 키친 아니고 치킨이면 어떠랴, 7만 원에 실망하면 어떠랴, 그게 다 늙어가는 재미인 것을. 조금 미안한 일이지만, 나는 늙어가는 하루하루가 대부분 즐거웁다.

니가 깜짝 놀랄 만한 얘기를 들려주마
아마 절대로 기쁘게 듣지는 못할 거다
뭐냐 하면
나는 별일 없이 산다 뭐 별다른 걱정 없다
나는 별일 없이 산다 이렇다 할 고민 없다
니가 들으면 십중팔구 불쾌해질 얘기를 들려주마
오늘밤 절대로 두 다리 쭉 뻗고 잠들진 못할 거다

그거 뭐냐면

나는 별일 없이 산다 뭐 별다른 걱정 없다

나는 별일 없이 산다 이렇다 할 고민 없다

이번 건 니가 절대로 믿고 싶지가 않을 거다

그것만은 사실이 아니길 엄청 바랄 거다

하지만

나는 사는 게 재밌다 하루하루 즐거웁다

나는 사는 게 재밌다 매일매일 신난다

나는 사는 게 재밌다 하루하루 즐거웁다

나는 사는 게 재밌다 매일매일 신난다

나는 별일 없이 산다

나는 별일 없이 산다

나는 사는 게 재밌다

나는 사는 게 재밌다 매일매일 아주 그냥

― 장기하와 얼굴들, 〈별일 없이 산다〉

이제는 안다. 내 날개가 꺾여도 날아야만 한다는 것을

날지 못해 평생 바닥을 기어가거나

바다 밑을 더듬으며 살아가게 되더라도

일단은 벼랑 끝에 서야 한다는 것을

5장

내가 만지작거리고 있는 건,
문득 움켜쥐게 된 담담한 추억 한 움큼

담배 피우는
여자

나는 담배를 피우지 않는다. 피운 적도 없다. 하지만 가끔은 오래 피우다 끊었던 것처럼 담배가 못 견디게 그립다. 간결한 피아노 소리를 이끌며 시작되는 란의 애상적인 보컬이 돋보이는 〈담배 피는 여자〉를 듣고 있으면 한 여자가 피어오른다.

담배 피는 여자 욕하지 말아요
사랑의 상처가 많은 여자니까요
그렇게라도 안 하면 가슴이 너무 아파서
눈물만 흘리니까 그런 여자이니까

하루만 지나면 괜찮을 거라고
몇 달만 지나면 괜찮을 거라고

. . .

그런데 몇 년이 가도 한숨이 줄지가 않아
너 땜에 또 너 땜에 아프니까

내 속이 타서 내 속이 타서
담배를 폈어 널 사랑해서
한숨을 쉬어도 내 속이 타서
담배를 피워봤어 이렇게 널 잊지 못해서
— 란, 〈담배 피는 여자〉

　가사에서처럼 사랑의 상처가 많아서 그렇다고 말해 주는 대신, 그
녀는 그냥 말없이 열심히 담배만 피웠다. 세상의 모든 담배 피우는 여
자 중에서 내겐 그 여자만이 유일하게 담배 피우는 여자였다.

　그전에도 담배 피우는 여자를 만난 적은 있었지만 그녀들은 대개
담배를 피웠다기보다는 담배를 '시작했다'거나 담배에 '손을 댔다'고
했다. 담배를 끊기 위해 고민 중이고, 담배를 끼우고 있는 자신의 손
을 미워했다.

　그녀는 달랐다. 그녀는 담배를 진정으로 사랑했다. 좀 더 일찍 죽어
도 좋으니 담배만은 포기할 수 없다고 했다. 그게 비록 나쁜 쪽을 향
하고 있다 하더라도 자신의 몸을 내어가면서까지 무언가를 좋아한다
는 점에서, 그 마음이 엄숙해 보였다.

. . .

담배를 끊어보지 않겠느냐는 말은 그만두었다. 대신 면세점에 갈 일이 생기면 선물로 긴 담배 한 보루를 안겨줬고, 추운 겨울에도 난방이 잘되지 않는 흡연실에 앉아 기꺼이 담배 연기를 맡아줬으며, 터미널 출입구 구석에 마련된 재떨이 앞에서 코트를 양팔로 벌려주었다.

그게 사랑이라고 생각했다. 바람 속에서 머리를 흩날리며 담배가 꺼지지 않는 최소의 공간을 구축하던 그녀의 모습은 몽골의 유목민을 떠올리게 했고, 전장에서 아기를 보호하려고 온몸으로 막아내던 모성의 비장함과 닮아 있었다. 자신의 취향을 떳떳이 여기고 절실하게 지켜내려는 그녀의 자세가 귀여웠다.

그녀와의 키스도 좋았다. 코로만 맡던 냄새와 달리 물에 젖은 담배의 맛은 달랐다. 한마디로 묘했다. 한 번은 원두 가루를 거름종이에 받치지 않고 뜨거운 물에 부어 그대로 마신 적이 있는데, 그런 느낌이었다. 걸러내지 않은, 씻어내지 않은, 어떤 원액을 그대로 들이마셔 순간 생경하지만, 어느 순간 문득 생각나고 기어코 익숙해지고 싶은 그런 맛이었다.

늘 그랬듯이 그날도 나는 그녀의 손을 잡았다. 평소와 똑같았는데 기분은 새삼스러웠다. 그녀의 손을 내 손 안에 쥐고 있지만 아무것도 잡지 않은 것처럼 느껴졌다. 사람과 사람 사이의 경계가 이리도 투명하게 지워질 수 있다니, 나는 말이 없어졌다. 사랑이란 걸 한 장면으로 보여줘야 한다면 이런 순간이겠지. 그 느낌을 침묵으로 음미하고 있었다.

그녀도 말이 없었다. 마주 잡은 손으로 흐르는 감정을 함께 감상하고 있는 거라 짐작했다. 그녀는 곧 내 손을 놓고 담배를 꺼냈다. 흩어지는 연기 속에서 한숨 같은 말들이 흘러나왔다. 솔직하고 싶다고, 이젠 아무 감정도 느껴지지 않는다고, 그리하여 여기서 모든 걸 끝냈으면 좋겠다고.

손을 잡아도 되지 않을 만큼 가깝다고 생각했건만, 사실 나는 그녀의 아무것도 잡고 있지 못했던 것이다.

그녀가 담배를 피우는 모습을 본 건 그게 마지막이었다.

얼마 전 친구한테 그녀의 소식을 전해 들었다. 나보다 훨씬 어리고, 강하고, 잘난 어떤 남자의 '담배 피지 않는 여자'가 되어 잘 살고 있더라고 했다. 담배 끊은 걸 축하해 줘야 할 것 같으면서도 이상하게 배신감이 들었다.

있는 그대로를 받아들이고, 절실함을 끌어안는 게 사랑이라고 생각했던 내가 잘못한 건가. 그녀는 그동안 자신의 흡연을 뜯어말릴 만한 강한 사람을 찾고 있었던 걸까. 그 사람이 내가 아니었다는 점이 못내 담배 맛처럼 씁쓸했다.

. . .

결국 사랑을 정하는 것은 받는 사람의 몫이다.

지금 그대로의 모습을 인정해 주는 것을 무관심이라 느낄 수도 있고, 계속되는 강요를 끊임없는 애정으로 풀이할 수도 있는 것이다. 그래서 주는 사람이 더 어려운 것이 사랑이다.

가을이
싫은 이유

나는 가을이 싫다. 보이지 않기 때문이다.

눅눅한 여름과 건조한 겨울 사이, 늘어지는 더위와 엄습하는 추위 사이에서 좀처럼 정체를 드러내지 않는다. 이상기후 탓으로 돌리고 가을은 소멸됐다고 선언할 때 즈음 그 얼굴을 보여준다. 그것도 아주 잠깐. 하지만 그 잠깐 동안 가을의 기억은 너무 치명적이다.

타들어가는 단풍, 검버섯처럼 쓸쓸한 낙엽 사이를 오가며 인생의 시작과 마지막을 상징처럼 보여준다. 그래서 가을을 맛본 이들에게 가을을 떨쳐버리기란 너무 힘든 것이다.

사랑의 찬란한 순간에 마음을 담갔던 사람은 배신 뒤에도 사랑 주위를 계속 배회하듯이, 가을을 느꼈던 사람들은 가슴에 다시 가을을 담기를 갈망한다. 온몸이 빨갛게 타들어가는 나뭇잎처럼 사람들은

．．．

갑자기 가을에 타들어간다.

　찬란하게 물들었던 잠시의 순간을 기억하기 위해서 사람들은 늦은 밤 술을 자작하고, 서점을 배회하고, 쓰러진 사랑의 추억을 되씹고, 고독한 유행가를 흥얼거려야 하는 걸까. 그런 비생산적이고 퇴폐적인 가을의 낭만이 우리가 살아가는 데 얼마만큼 유익하게 작용할까.

　나는 그런 무기력한 가을이 너무 싫다.

　그래서 차라리 겨울을 빨리 맞이하기로 했다.

　추위에 바짝 긴장해서 살아갈 힘을 더욱 느끼게 만드는 겨울이 유약한 가을보다는 낫지 않을까 싶어서다.

　옷장을 열어 가을옷 사이에다 겨울옷을 끼워 걸어두었다. 목을 두 바퀴 반을 감고도 남을 만큼 긴 머플러와 가죽 장갑도 챙겨놓았다.

　그렇게 묵은 짐을 뒤지다가 발견한 빛바랜 주머니 하나.

　어릴 때 실내화를 넣어 다니던 '신주머니'처럼 홑겹으로 되고 양옆에 끈이 달려 있어서 당기면 닫히게 되어 있다. 그 애가 준 것이다. 처음으로 내게 준 선물.

　사랑한다고 말하면 달아나지 않을까, 사랑한다고 말하지 않아도 달아나지 않을까 사랑이 아직 불확실하던 때 그 애가 내게 내밀었던 주머니였다.

　처음 만났을 때 그 애가 물었다.

"취미가 뭐예요?" 참 재미없는 질문이지만, 그런 질문조차 방울토마토처럼 반질하고 도톰한 입술을 가진 그 애의 입에서 나오면 맛있는 질문으로 변했다.

"이어폰 끼고 헬스클럽에서 운동하는 거 좋아해요."

참 시시한 대답이었다. 하지만 그 애는 웃으면서 말을 받아주었다.

"저도요."

다음 날 점심시간에 회사 로비 앞에 찾아온 그 애가 주머니를 내밀었다. 운동할 때 입을 반바지와 티셔츠를 넣으면 딱 알맞을 크기였다.

"열심히 운동해서 팔뚝에 힘줄 같은 거 만들어주세요."

그 애의 입술을 닮은 방울토마토 색깔의 천에 하얀 '나이키' 문양이 날렵하게 새겨져 있었다.

그 애에 대한 추억에 한참 그 주머니를 만지작거리고 있었다. 손끝에서 느껴지는 추억의 느낌이 참 묘했다.

그때 전화가 걸려왔다. 집 앞으로 가겠으니 나오라는 가까운 후배의 전화였다. 새벽 1시가 넘어가고 있었다.

요즘 들어 가을을 타는 지인들이 새벽에 홍대까지 찾아오는 경우가 부쩍 늘었다. 서로 마주보기 멋쩍어 그와 나는 창밖을 바라보며 높은 의자에 나란히 걸터앉았다. 나는 기분이 좋아진다는 코코아를 마시고, 그는 깊게 담배를 피웠다.

"그 여자는 말이죠."

그가 지금 만나고 있는 그녀에 대해서 말해 주었다. 나를 찾아온 건 내 생각이 나서가 아니라 그녀가 생각났기 때문이었다. 조언을 듣고 싶다고 했다.

그는 그녀가 싫다고 했다. 브라운관에서 가슴선이 보이는 옷을 입고 노래하는 그녀가 싫다고. 섹시한 연예인 순위에서 그녀의 이름을 발견하는 게 싫고, 인터넷 댓글에서 그녀를 연모하는 남자들의 짙은 농담이 싫다고 했다. 무엇보다 지금 사귀는 사람이 없다고 말하는 그녀가 싫다고.

그렇게 싫으면서도 그녀가 좋다고 했다. 죽을 것 같다고도 했다.

차 안에서 피곤해서 잠든 그녀의 얼굴이 안타까워서 죽을 것 같고, 그녀가 직접 차려준 맛없는 밥상이 맛있어서 죽을 것 같고, 그녀가 손으로 직접 쓴 철자법이 엉망인 편지가 사랑스러워서 죽을 것 같다고 했다.

늦은 밤 나를 찾아온 후배에게 내가 조언해 줄 말은 딱히 없었다.

사랑이 일어나는 곳에는 관찰자와 관망자만 있을 뿐이다. 들어주는 것만으로도 내 역할은 다했다고 생각했다.

내 사랑은 추억이 됐지만, 너의 사랑은 영원한 현재진행형이 되길 바란다고 했다.

이렇게 새벽 1시가 넘은 시간에 두 남자가 자신의 사랑을 이야기하

고, 용기를 불어넣어 주는 간지러운 짓도 다 가을이 부린 장난 같아
서 피식 웃음이 났다.

가을은 참 약해 빠진 계절이구나 싶었다.

후배를 보내고 집으로 돌아와 부려놓은 옷장을 마무리하면서 내
가 정말로 가을을 싫어하는 이유를 알아버린 것 같았다.

그래, 가을은 안 그래도 마음 약한 나를 한없이 약해 빠진 놈으로
만들어버리기 때문이다.

한동안 그 애와 나를 알았던 사람들이 왜 헤어졌냐고 물으면 달리
할 말이 없었다. 사랑이 어떻게 시작됐는지도 모르는데, 사라진 건 또
어떻게 설명할 수가 있단 말인가. 그냥, 그렇게 됐다고 말할 수밖에 없
었다.

가을이 스치면

왜 내 맘이 쓰라린 걸까

널 닮아서일까 네가 없기 때문일까

그런 걸까

코끝에 차가운 바람이 불어들어와

그 향기가 음 ―

그래 그랬었지 그랬었지

너를 처음 본 이맘때쯤에 내 생애
가장 아름답던 가을이 난 너무 아프다
그냥 겨울이 왔으면 좋겠다
너무 쓰라린 바람이 불어온다
차라리 차가운 시린 겨울이 나을 것 같다

귓가에 언젠가 함께 들었던 소리가
그 노래가 음 ─
그래 그랬었지 그랬었지

너를 처음 본 이맘때쯤에 내 생애
가장 아름답던 가을이 난 너무 아프다
그냥 겨울이 왔으면 좋겠다
너무 쓰라린 바람이 불어온다
날 만난 널 보낸 이 계절이 힘들어

이 가을이 난 너무 아프다
제발 겨울이 왔으면 좋겠다
너무 쓰라린 바람이 불어온다
차라리 차가운 시린 겨울이 나을 것 같다
─ 에코브릿지, 〈가을이 아프다〉

사랑이 보일 때까지

그냥 사랑하면 되는 것이다

설령 영원히 볼 수 없다고 해도

더 이상 신주머니에선 그 애의 입술을 닮은 빨간 방울토마토 같은 색깔은 나지 않는다. 명료하게 도드라진 하얀 '나이키' 문양도 보이지 않는다. 서로에게 번쩍이며 눈이 맞았던 우리들은 그 번개 같은 날렵한 문양이 닳아 없어지도록 무엇을 하고 있었던 걸까. 세월을 타고, 무심을 타고, 습관을 타고 완전히 어디론가 날아가버리도록 왜 방치하고 있었던 걸까.

하지만 이제는 괜찮다. 내가 만지작거리고 있는 건 아픈 선물이 아니라, 문득 움켜쥐게 된 담담한 추억 한 움큼이니까.

가을이 다 끝나가도록 제대로 된 가을은 보이지 않는다.

아무리 죽을 만큼 사랑했어도 사랑이 무엇인지 본 적도 없다. 하지만 나는 사랑이 보일 때까지 사랑할 것이고, 사랑이 다할 때까지 매번 다음 가을을 기대할 것이다.

가을이면 가을답게 사는 것이다. 아무리 짧아도 가을은 가을인 것이다. 미리 겨울을 준비할 필요도 없고, 지나간 여름에 미련둘 필요도 없다. 지금 이 사랑에 타들어가고, 지금 이 사랑에 젖으면 되는 것이다.

사랑이 보일 때까지 그냥 사랑하면 되는 것이다.

설령 영원히 볼 수 없다고 해도.

한 입으로
두말하는 인간

나는 나름 스스로 열린 사람이라고 생각했고, 국제적인 마인드를 가지고 있다고 자부했다. 음식에서도 마찬가지였다. 해외여행을 할 때, 그 나라의 음식을 충분히 맛보고 즐기는 것은 그 나라의 문화를 이해하는 가장 기초적인 노력이라고 말하고 다녔다. 굳이 김치나 고추장을 트렁크에 넣어가는 것은 촌스러운 짓이라고 단정했다.

한번은 후배와 태국에 간 적이 있다. 내 친구의 친구가 마중을 나왔다. 둥근 얼굴에 한 순간도 미소를 떼지 않고 스티커처럼 붙이고 있었다. 민간 외교인이라는 사명감으로 똘똘 뭉쳐 있었다. 순박한 사람이었다.

그가 허기진 우리를 데리고 간 곳은 전통 태국 음식점이었다. 한눈에도 오랜 맛집이라는 걸 알 수 있었다. 야자수들 사이에 자리를 펼

친 것처럼 자연스러운 인테리어가 마음에 쏙 들었다. 태국의 진미를 맛보여주겠다고 작정했는지 테이블 가득 요리가 올라왔다. 처음 맡은 향신료 냄새가 생경했지만 호기심이 일었다. 말로만 듣던 세계 최고의 수프라는 톰양쿵이 가장 궁금했다. 닭 삶은 물처럼 기름져 보이는 국물에 새우와 버섯이 잔뜩 들어가 있었다. 바로 맛있다는 말이 나오기는 힘든 색다른 맛이었다. 달콤하고 매콤하고 새콤한 맛이 뒤섞여 있었다. 뭔가 재미있는 맛이었다. 재미는 거기까지였다.

나를 따라 숟가락을 넣던 후배가 거기서 헛구역질을 하며 갑자기 뛰쳐나가 버렸다. 신들린 무당 같은 속도였다. 남은 나는 그 태국인 친구의 눈치를 보느라 민망해서 혼쭐이 났다. 숙소에 가서 무례하고 촌스러운 놈이라며 후배를 무지하게 혼냈다. 후배는 본능인데 어떡하겠느냐고 항변했지만 귓등으로도 듣지 않았다. 다시는 너하고 여행은 안 가겠다고 단언했다.

그런데 그게 남의 이야기가 아니게 됐다. 〈EBS 세계테마기행〉을 찍기 위해 20일 동안 미국을 가야 했는데 가장 힘들었던 건 하루에도 몇 시간씩 이동해야 했던 자동차의 휘발유 냄새도 아니고, 10시간을 걸어서 다녀온 요세미티 정상도 아니었다. '맵고 시원하고 걸쭉한' 한국 음식에 대한 지긋지긋한 그리움이었다.

며칠은 햄버거를 맛있게 먹었지만 더 이상 들어가지 않았다. 감독님이 챙겨온 라면과 햇반으로 간간이 속을 달랬지만 그걸로는 간에 기별도 안 갔다.

한국으로 돌아오기 무섭게 굴국밥, 해물탕, 매운탕, 아귀찜 등을 쉴 새 없이 먹어대는 나를 보더니 후배는 마구 웃었다.

"외국 나가면 그 나라 음식 먹어야 된다며? 한국 음식만 찾는 거 촌스럽고 무식한 짓이라며?"

후배는 고소하다며 묵은 분풀이를 해댔다. 평소에 촌스럽다고 욕하던 여자를 이제는 사랑하게 돼버린 남자처럼 눈치를 보며 고백했다.

"난…… 김치 없으면…… 못살겠더라."

> 만약에 김치가 없었더라면
> 무슨 맛으로 밥을 먹을까
> 진수성찬 산해진미 날 유혹해도
> 김치 없으면 왠지 허전해
> 김치 없이 못살아 정말 못살아
> 나는 나는 너를 못 잊어
> 맛으로 보나 향기로 보나 빠질 수 없지
> 입맛을 바꿀 수 있나
> ─ 정광태, 〈김치 주제가〉

돌아보니 그동안 내가 스스로 교양 넘치는 세계 시민이라고 떠벌리고 다닌 건 비교적 입맛에 가까운 태국이나 일본, 홍콩 등 아시아를 여행했기 때문이었다. 마음먹고 갔던 파리와 런던에서는 심지어 밥과 김치찌개가 아침, 저녁으로 딸려 나오는 한국인 민박을 이용했던 걸 뻔뻔하게 까먹고 있었다.

"난 촌스러운 한국 사람 할래!"

결국 변절 선언을 했다. 그러고 나니 살 것 같았다. 한 입으로 두말 하는 인간이라고 욕먹어도 좋다. 욕 좀 먹으면 어떤가. 대신 실컷 맛있 는 한국 음식을 먹을 수 있는데!

거북이를
위하여

독감에게 덜컥 덜미가 잡혔다. 차라리 여름 감기를 앓는 게 낫지 하필 북적이는 연초에 방구석에서 끙끙대서 사람을 더 없어 보이게 만든다. 내 몸 하나는 살뜰히 챙기는 편인데도 이렇게 나이 먹은 티를 내니 창피할 따름이다.

며칠째 곶감 속 잣처럼 꼼짝없이 집에만 박혀 드문드문 걸려오는 전화만 받았다. 다들 이번 감기는 지독하다고 몸조리 잘하라고 했는데 그중 친한 후배 하나만 다른 말을 했다.

"형, 감기라고? 내가 보기엔 마음이 아픈 거 같은데."

순간 핸드폰을 움켜쥔 손이 풀렸다. 그럴 수도 있겠다 싶었다.

요즘 부쩍 힘이 없었다. 힘을 내려고 해도 자꾸 힘이 꺾이는 일이 생겼다.

MBC에서 했던 〈소울메이트〉를 끝으로 몇 년 만에 드라마를 쓰는 중인데, 쉽지 않았다. 처음에는 그동안 책과 영화만 해서 몸이 덜 풀렸나 싶었는데, 어느덧 1년을 넘겼으니 그 이유는 아니었다. '건방을 떨 만큼 잘 빠진 미니시리즈를 써야지'라며 시작할 때만 해도 넘치던 의욕은 조바심으로 바뀌고 조바심은 다시 피곤함으로 넘어갔다. 시청률은 높지 않았지만 마니아층은 꽤 두터운 작품을 써왔다며 지켜왔던 자존심은 결국 내 재능이 부족해 대중적인 결과물을 내지 못했다는 자학으로 변해 있었다. 필력이 뛰어나다는 칭찬을 들었지만, 그건 극성이 약하다는 말을 듣기 좋게 돌려서 하는 소리와 다를 바 없었다. 나는 어느덧 바닥을 기어가고 있었다. 약한 마음이 몸을 삼켜버렸는지 신기하게 금방 몸이 따라서 아파왔다.

아플 때마다 나는 바다거북을 떠올린다. 무거운 등껍질, 낮고 탁한 두 눈, 짧게 펄럭이는 두 팔과 다리, 심정을 읽을 수 없이 쑥 들어간 머리……. 바다거북을 처음 본 건 내 고향 해운대에서였다. 왜 거기에 있었는지는 모르겠지만 늘 지나다니는 횡단보도 앞 횟집 수족관에 바다거북이 담겨 있었다. 쪼그리고 앉아 한참 바다거북을 보고 있노라면 어린 나이에도 그게 그렇게 징그러울 수가 없었다. 생긴 것 때문만은 아니었다. 초라한 저 모양, 굼뜬 저 자세로 몇 백 년이나 산다는 설명이, 살아야 한다는 운명이 가장 가혹하고 징그러웠다.

바닷가 모래밭에서 거북을 본 적도 있다. 저녁인지 아침인지는 분명하지 않은데 안개가 흩어지는 포말과 뒤섞여 유난히 희뿌연 날이었다. 어른들 몇이 모여 뭔가를 구경하고 있어서 그 사이로 고개를 내밀었더니 거북이 거기 있었다. 파인 구덩이에 알들이 보였던 걸 보면 알을 낳으러 잠시 나온 모양이었다. 어른들이 신기한 눈길로 알과 거북을 번갈아 바라보는 동안 거북은 느릿느릿 바다를 향해 기어가고 있었다. 해가 뜨고 모래가 바삭해지면 떠나도 될 것을, 지친 몸을 이끌고 기어코 흑갈색의 차가운 바다로 들어가는 거북이 너무 미련스러웠다. 달려가 등이라도 짓눌러 붙잡아두고 싶었다.

집에 들어와서도 한참동안 바다거북을 생각했다. 지금쯤 그 끝도 없는 컴컴한 어둠 속을 떠돌고 있겠지, 이불을 머리끝까지 끌어올려도 온몸에 힘이 빠지고 가슴이 차가워졌다. 왜 기어이 바다 밑으로 다시 들어가려는 건지, 어린 나이에는 그런 거북이 전혀 이해되지도 않고 이해하기도 싫었다.

우린 떨어질 것을 알면서도
더 높은 곳으로만 날았지
처음 보는 세상은
너무 아름답고 슬펐지

．．．

우린 부서질 것을 알면서도
더 높은 곳으로만 날았지
함께 보낸 날들은
너무 행복해서 슬펐지

우린 차가운 바람에
아픈 날개를 서로 숨기고
약속도 다짐도 없이
시간이 멈추기만 바랬어

우린 부서질 것을 알면서도
더 높은 곳으로만 날았지
함께 보낸 날들은
너무 행복해서 슬펐지

우린 서툰 날갯짓에 지친 어깨를 서로 기대고
깨지 않는 꿈속에서 영원히 꿈꾸기만 바랬어

우린 떨어질 것을 알면서도
더 높은 곳으로만 날았지
처음 보는 세상은

...

너무 아름답고 슬펐지

—못, 〈날개〉

떨어질 것을 알면서도 날아야 하는 존재, 부서질 것을 알면서도 부딪쳐야 하는 존재, 그런 게 세상에 있을 수 있다는 걸 깨닫기엔 그땐 너무 어렸다.

이제는 안다. 내 날개가 꺾여도 날아야만 한다는 것을. 날지 못해 평생 바닥을 기어가거나 바다 밑을 더듬으며 살아가게 되더라도 일단은 벼랑 끝에 서야 한다는 것을.

나는 바다거북처럼 낮게 엎드려 기어코 엉금엉금 차가운 바다 속으로 들어갈 것이다.

약속도 없고 다짐도 없는 시간을 등에 업고 자존심이 더 부서지고, 해지고, 슬퍼질 때까지 다시 글을 쓸 것이다. 다시 대본을 쓸 것이다. 다시 아이디어를 떠올릴 것이다.

기어코 아름다워질 때까지 나는 반복할 것이다.

젊음은
한바탕 서커스다

추석과 설, 일 년에 두 번 서울은 텅 빈다. 거리에 서면 인적이 끊긴 미래의 어느 도시로 공간 이동을 한 것처럼 묘하다. 지난 추석에도 고향에 가질 않았다. 부모님이 돌아가신 후부터다. 형제들이 부산에 살고 있지만 제사를 지내지 않기 때문에 문득 보고 싶을 때 산소에 갔다 오는 걸로 대신했다.

송편을 빚고 산적 냄새를 맡는 대신 명절에도 문을 여는 패밀리 레스토랑에 갔다. 인적 없이 늘어선 길을 걷는 기분도 나름 괜찮았다. 집이 있어도 가지 않거나 갈 수 없는 친한 동생 두 명과 함께였다.

동생은 아버지가 돌아가신 후 새어머니와도 사이가 멀어져, 이제는 연락조차 하지 않고 있었다. 혼자서 살아보려고 중국에도 가고 일본도 갔지만 결국은 을지로 지하상가에 있는 일식집에서 하루 12시간

일하고 한 달에 120만 원을 받고 있었다. 그는 30만 원씩 저축해서 언제 제 가게를 열겠느냐며 한숨을 쉬었다. 불법체류자라도 좋으니 다시 일본으로 건너가 이것저것 일하면서 돈을 모아 오는 것을 심각하게 고민하고 있었다.

다른 동생도 가족과 소식을 끊고 있었다. 엄마가 돌아가신 책임이 이기적인 아버지에게 있다고 미워하다 결국 집을 나오게 되었다. 얼마 전 아버지에게 몇 년 만에 안부전화를 했다고 했다. 못 이기는 척 반겨줄 줄 알았던 아버지는 다신 볼 일이 없을 거라고 냉정하게 끊었다고 했다. 집으로 찾아갔지만 골프를 치러 간다며 서둘러 나가셨고, 아침에 일어나 보니 침대 맡에 돈이 놓여 있었다고 했다. 용돈이 아니라 용서가 필요했던 거였는데, 동생은 마음만 다치고 맨손으로 나왔다. 자식 이기는 부모는 없으니 먼저 전화하고 먼저 다가가라고 설득한 내 잘못처럼 느껴졌다.

그날 동생은 잠들 수 없었던 새벽 도로변에서 지나가는 트럭에 울음이 묻힐 때까지 앉아 있었다. 실컷 울고 나면 속이 후련해질 텐데, 지나던 할머니가 "총각 여기서 왜 그러느냐"고 자꾸 물어보는 통에 마음껏 울지도 못했다고 했다.

그 나이 때의 나도 그랬다. 아버지의 유산으로 받은 300만 원을 들고 부산에서 올라와 보증금을 걸고, 화장실이 밖에 달려 있는 지하방을 얻었다. 내가 꿈꾸던 나의 삼십 대는 그런 게 아니었다. 커프스단

추를 단 셔츠를 입고 고층빌딩 창으로 불빛 찬란한 도시를 내려다보거나, 비즈니스 석에 편안하게 발을 뻗고 외국 출장을 다니는 모습을 상상했다.

이름 없는 출판사에서 100만 원도 못 받고 사전을 교열하고, 부엌이 따로 없어 휴대용 버너에다 밥을 지어야 하고, 천장에 머리가 닿을까 봐 쪼그리고 앉아서 발을 씻어야 하는 곳에서 내 몸을 구겨야 하는 삶이 아니었다.

자주 외로웠다. 밤새 술을 마시고 춤을 춰도 계속 외로웠다. 외로워서 이름도 모르는 상대와 하룻밤을 보냈는데도 더 외로워지기만 했다. 내가 가진 건 젊음뿐이었다. 돈도 없고 미래도 없는 어둑한 젊음만이 내 앞을 거인의 그림자처럼 가로막고 있었다. 모든 게 캄캄했다. 아침에도 캄캄했다. 내 앞날도 그렇게 영원히 캄캄할 것 같았다. 그때는 온통 찬바람이었다.

찬바람 불 때 내게 와줄래
세상이 모질게 그댈 괴롭힐 때
신나게 놀자 웃자 한바탕
하하하하하 이 밤이 다할 때까지
— MC몽, 〈서커스〉

동생들은 지금 즐거운 세상 분위기와 달리 찬바람이 새어드는 천

차라리 웃자. 웃다가 다시 울게 되더라도

웃고 있는 동안에는 신나게 웃자

· · ·

막 안에서 아슬아슬한 서커스를 하고 있다. 대롱거리는 줄을 잡고 혹시나 떨어질까 발을 젓고, 불타는 원 속을 통과해야 살아남는다는 불안에 시달리고 있다. 걱정 마, 모든 건 지나갈 거야, 언젠가는 웃을 날이 올 거야, 같은 말은 차마 할 수가 없었다. 대신 오늘은 마음껏 먹고 더 재미있게 놀자고 했다.

울고 있다고 모진 시간이 빨리 가지는 않는다. 세상에 대고 욕한다고 울분이 풀리는 것도 아니다.

젊음은 한바탕의 서커스다. 곡예를 하는 사람도 지켜보는 사람도 조마조마하지만, 통과한 다음에는 즐거운 기억으로만 남아 있는 서커스다. 그러니 차라리 웃자. 웃다가 다시 울게 되더라도 웃고 있는 동안에는 신나게 웃자.

열정이
사라진 자리

핑크 마티니 공연을 보고 왔다. 미국 출신으로는 드물게 월드뮤직 성향의 음악을 하는 12인조 밴드인데 내한은 처음이었다. 지금까지 나온 네 장의 앨범을 다 가지고 있을 만큼 나는 그들의 열렬한 팬이었다. 앙코르를 외치며 손바닥이 붉어질 때까지 박수를 치고 돌아왔지만 왠지 마음 한구석이 조금 미안해졌다.

정말 미치도록 좋았다기보다는 어느 정도는 '정말 좋아하는 척' 한 게 아닌가 싶었기 때문이다. 공연이 끝나고 사인을 받기 위해 길게 늘어선 사람들이 눈에 띄었지만 그 속에 끼고 싶을 만큼의 열정은 사라지고 없었다.

그들의 잘못은 아닐 것이다. 여전히 그들은 감성에 호소하는 애수의 멜로디를 라이브로 들려줬는데, 왜 나는 처음의 뜨거운 열정 대신

냉철한 시선으로 대하게 된 걸까. 갈수록 음악이 예전만 못하더라, 라고 콘서트에 같이 간 친구들에게 말했지만 사실은 내 마음이 변해서라는 걸 안다.

지금껏 내가 맺어온 관계도 비슷할 거라는 생각이 들었다. 상대방이 변한 거 같아, 라고 말하지만 대부분은 내 감정이 먼저 퇴색되고 식어버렸던 것이다. 다만 나쁜 인간이 되는 게 싫어서 빠져나갈 변명거리를 상대에게 찾고 있었던 게 아니었을까.

전철을 타고 집으로 오는데 그들의 노래가 계속 따라붙었다. 충만한 느낌은 아니었다. 오히려 축제가 끝나고 색종이로 어지럽힌 바닥을 밟고 돌아올 때처럼 쓸쓸했다. 그들도 무대가 끝나고 숙소로 돌아가는 길에 객석에 남아 있던 불 켜진 눈동자들을 떠올릴까. 그들에게 보낸 박수가 단순히 노래에 대한 찬사가 아니라 하나하나 간직해 온 마음이라는 것을 알까.

다시 불이 켜지고
막이 오르고 나면
지구 어느 한구석
손바닥만 한 내 세상 위에
나 홀로 있네

···

짧지 않은 세월도
무디게 하진 못해
처음 바로 그때의
떨리는 가슴 그대로 안고
나 홀로 있네

너는 숨죽이고
나는 노래하고
우린 또 한 번 사랑을 나누고
후한 손뼉에
난 눈물을 흘리다
쓰러질 것만 같지만

다시 불이 꺼지고
막이 내리고 나면
사랑을 떠나보내
슬픔에 빠진 사나이처럼
나 홀로 있네
— 이적, 〈무대〉

하나였다가 다시 둘이 되는 순간은 언제여도 쓸쓸할 것이다. 이제는 그토록 많은 사람들이 좋아하게 됐으니 나 하나쯤 시들해져도 괜찮을 거라 생각했다. 나 하나쯤 떠난 자리는 새로운 팬들이 나타나 메워줄 테니 표도 안 날 것 같았다. 처음부터 일방적인 애정이었으니 일방적으로 끊어도 상관없을 것 같았다.

찾아보면 그들이 내게 준 것도 많았다. 한때는 사람들은 이 음악은 잘 모를 거야, 라고 으쓱해하며 여행 중에 시디를 샀던 기억, 〈안녕, 프란체스카〉를 쓸 때 핑크 마티니 노래를 삽입하고 어울린다며 좋아했던 기억, 혹시라도 사람들이 배경음악이 좋다고 알아봐주면 혼자 뿌듯해하던 기억들이 강물에 젖은 불빛처럼 흔들렸다.

처음에 그토록 감탄하며 사람들에게 소문까지 내던 그 뜨거운 온도를 되찾을 순 없겠지만, 나는 끝까지 쉼 없는 관심으로 그들을 응원할 것이다.

열정이 사라진 자리에는 의리가 있을 것이다. 의리는 친구들 사이에만 존재하는 것이 아니라 작품으로 함께 뜨거웠던 적이 있는 아티스트와 팬 사이에도 있는 것이라고 믿으니까.

그리움이
미움을 이기는 날

오늘 아침 한 통의 전화가 걸려왔다. 모르는 번호였다.

내 목소리를 듣자 당황해하며 '누구'의 핸드폰 아니냐고 물어왔다.

잘못 걸려온 전화였다. 하지만 그 '누구'는 내가 잘 아는 사람이다.

가장 오래 사랑했고, 지금도 마음속에 숨어 있다가 크리스마스 같은 날이면 꿈틀거리며 나를 아프게 하는 사람. 나를 떠나 담배를 끊고 어딘가에 잘 살고 있는 사람.

어떻게 내 전화번호를 아느냐고 물었더니, 전에 한 번 이 번호로 전화가 걸려온 적이 있다고 했다.

그 애는 왜 내 번호로 그 사람에게 전화를 걸었을까. 그 사람과 그 애는 무슨 사이였을까.

2년이 훨씬 지난 기억을 문득 *끄*집어내 들여다보고 싶을 만큼 그 애는 나에게 그런 것처럼 그 사람에게도 소중한 사람이었을까.

묻고 싶은 얘기도 있었지만, 새로 바뀐 그 애의 번호는 모른다는 말만 하고 담담하게 끊었다.

크리스마스라서 그랬겠지. 흰 눈이 내려서 더 그랬겠지. 아무리 냉정한 사람이라도 아무리 마지막이 처연했더라도 크리스마스는 그리움이 미움을 이기는 유일한 날이니까.

그 순간 어제 성탄미사 때 성가대가 축가로 부르던 노래가 계속 입속에서 맴돌았다.

크리스마스에는 축복을
크리스마스에는 사랑을
당신과 만나는 그날을 기억할게요
헤어져 있을 때나 함께 있을 때도
나에겐 아무 상관없어요
아직도 내 맘은 항상 그대 곁에
언제까지라도 영원히
— 김현철, 〈크리스마스에는 축복을〉

나도 모르게 눈물이 났다. 하느님에게는 조금 미안했다.

나를 감싸는 종교의 성스러운 의미가 아니라 흘러간 사랑 따위에 눈물이 나다니. 하지만 그 순간 내겐 어떤 종교보다 그 찌질한 사랑이 소중했고 전부였다.

언제 다시 만난다 해도, 설령 다시 만나지 못한다고 해도, 그 애가 항상 행복하기를…… 크리스마스니까 더 행복하기를……. 하지만 나 없는 크리스마스니까 세상에서 두 번째로 행복하기를…….

언제 다시 만난다 해도,

설령 다시 만나지 못한다고 해도,

그 애가 항상 행복하기를……

크리스마스니까 더 행복하기를……

하지만 나 없는 크리스마스니까

세상에서 두 번째로 행복하기를……

인용 가사 목록

* 이 책에 인용된 가사들은 한국음악저작권협회를 통하여 저작권 소유자들께 정식으로 허락을 받은 것입니다(KOMCA 승인필). 수록 가사의 맞춤법은 작사가의 의도에 따랐습니다.

* 쪽번호 _ 〈노래제목〉, 작사가, 가수, 발표년도

18쪽 _ 〈언젠가는〉, 이상은, 이상은, 1993

21쪽 _ 〈청춘〉, 김창완, 산울림, 1981

25쪽 _ 〈무비스타〉, 권병준, 토마토, 1994

33쪽 _ 〈오, 사랑〉, 루시드폴, 루시드폴, 2005

38쪽 _ 〈춘천 가는 기차〉, 김현철, 김현철, 1989

42쪽 _ 〈청춘〉, 김대원, 뜨거운 감자, 2000

47쪽 _ 〈결국... 흔해 빠진 사랑 얘기〉, 박창학, 윤상, 2000

53쪽 _ 〈Onetime Bestseller〉, 김종완, 넬, 2007

62쪽 _ 〈눈을 뜨면〉, 차세정, 에피톤 프로젝트, 2009

65쪽 _ 〈비닐장판 위의 딱정벌레〉, 최성호, 인순이, 1987

74쪽 _ 〈그녀는 예뻤다〉, 이은옥 · 박진영, 박진영, 1996

77쪽 _ 〈누구라도 그러하듯이〉, 배인숙, 배인숙, 1979

83쪽 _ 〈행복한 사람〉, 조동진, 조동진, 1986

89쪽 _ 〈꼭 이만큼만〉, 박창학, 캐스커, 2010

91쪽 _ 〈근심가〉, 박창학, 윤상, 2003

98쪽 _ 〈소년〉, 한희정, 푸른새벽, 2003

104쪽 _ 〈평범한 사람〉, 루시드 폴, 루시드 폴, 2009

108쪽 _ 〈아버지의 의자〉, 박건호, 정수라, 1985

113쪽 _ 〈찔레꽃〉, 이연실, 이은미, 2000

118쪽 _ 〈향기로운 추억〉, 조동익, 박학기, 2006

외로움의 온도

초판 1쇄 2012년 6월 30일
초판 3쇄 2014년 1월 20일

지은이 | 조진국
펴낸이 | 송영석

편집장 | 이진숙 · 이혜진
기획편집 | 박신애 · 한지혜 · 박은영 · 신량 · 오규원(외부편집 : 강현창)
디자인 | 박윤정 · 박새로미
마케팅 | 이종우 · 한명회 · 김유종
관리 | 송우석 · 황규성 · 전지연 · 황지현

펴낸곳 | (株)해냄출판사
등록번호 | 제10-229호
등록일자 | 1988년 5월 11일(설립일자 | 1983년 6월 24일)

120-210 서울시 마포구 잔다리로 30(서교동 368-4) 해냄빌딩 5·6층
대표전화 | 326-1600 **팩스** | 326-1624
홈페이지 | www.hainaim.com

ISBN 978-89-6574-344-6